Né en 1926, Jean-Paul Clébert a été taulard et clochard, marcheur et enjôleur, historien de Paris et de la Provence. Il a publié trois romans chez Denoël dans les années 1950, avant de se spécialiser dans l'histoire de la Provence, des tziganes et du surréalisme. Il vit depuis cinquante ans dans un village perché du Lubéron.

Jean-Paul Clébert

PARIS INSOLITE

Denoël

TEXTE INTÉGRAL

ISBN 978-2-7578-2155-8

© Éditions Denoël, 1952, 1981

à ROBERT DOISNEAU,
photographe, œil magique fixateur du réel
pour qui, aussi, la vie dépasse la fiction

et à ROBERT GIRAUD,
voyeur, explorateur, contemplateur,
descripteur des bas-fonds citadins et
grand écouteur des cloches de Paris

Chapitre premier

1.

Une fois de plus je rentre dans la ville, et une fois de plus par la porte d'Italie.

Pendant la traversée des plateaux de la Bourgogne et des forestières de l'Aube, les nuits se sont refroidies, les cabanes de cantonniers et les caches des bûcherons de Sainte-Menehould se sont avérées inconfortables, et après avoir traîné mes grolles dans trois, quatre régions de France, compagnon trimard, et jeté un coup d'œil au-delà des frontières, je rentre au bercail.

C'est l'hiver, et quand il vient et que je ne peux toujours comme les oiseaux migrateurs me déplacer en suivant la chaleur le long des courbes isother-miques, pour rejoindre une région tempérée, j'hiberne, comme une bête qui se terre et s'engourdit, j'hiverne comme un navire qui rejoint un port et y fait relâche à l'abri des glaces, je me contracte, je me tapis dans un coin de la ville, je resserre des murs autour de moi, je me rempare, je me recouvre jusqu'aux extrémités des lainages, je m'isole le cerveau, ce rouage gracile, je me tasse, je rentre dans ma coquille, je me mets en veilleuse, je bouge au ralenti.

Une fois de plus, il s'agit de passer quatre, cinq mois

11

d'hiver à l'intérieur de Paris, l'immense caravansérail des désespoirs et des miracles quotidiens, d'y trouver chaque jour de quoi manger et boire son content, le substantiel, et chaque nuit un asile tranquille, au sans-souci, tout en y menant bien sûr vie joyeuse et pleine.

Et je rigole parce que pour le flic qui réglemente la circulation, je suis un vagabond qui rentre au port, la gueule râpeuse, les épaules voûtées, la canadienne crasseuse, les godasses en perdition, le ventre creux, la musette vide, et une récente levée d'écrou en poche…

Et je vais y écrire un livre !

Je pourrais obliquer vers la droite ou vers la gauche, retrouver ce qui reste de la zone, y chercher dès ce soir un gîte dans les communautés de villas en tôle ondulée des chiffonniers, ou faire le grand tour de la capitale comme les relégués interdits de séjour qui campent à Gennevilliers, à la lisière du département, et rôdent aux abords des boulevards extérieurs, n'osant se décider à pénétrer dans le labyrinthe dangereux des couloirs macadamisés, je pourrais aller m'installer en honnête compagnie dans les carrières de Montreuil ou tant d'autres abris de la proche banlieue. Mais je ne peux résister à l'envie de remonter tout de suite l'avenue d'Italie, de marcher plus vite vers les quartiers vivants, malgré les interminables boulevards vides, la traversée de Paris étant plus longue que celle d'un département. Je ne jette qu'un bref coup d'œil vers les bistrots-tabac, je lorgne en vitesse les autobus, les platanes, les pissotières, je hume tout surpris l'odeur de l'essence et de la grosse bête citadine. Je me hâte. Tant pis pour ce soir. Encore une fois, je la sauterai. Mais j'ai trop envie de voir la gueule d'un copain, de connaître l'indicible plaisir naïf d'entrer dans un café familier, de serrer des mains, de dire du ton le plus tranquille : « Comment vas-tu ? », de jouer à l'innocent personnage qu'une absence d'un an ou deux laisse indifférent et qui se remet à sa belote comme à une partie interrompue la veille. Plaisir fugace d'ailleurs, car dix minutes après je raconte ma vie, deux heures après tout le monde sait par quels aventureux avatars j'ai réalisé le tour de force quotidien de la vie, et on en redemande, et je suis tout prêt à recommencer mon récit, car les plus sérieux des auditeurs ont droit aux détails, à la récolte des expériences accumulées, jamais inutiles, sur le vagabondage. Les bistrots sont faits pour ça.

Parvenu au Pont-Neuf, peu importe l'heure tardive, je suis chez moi, au cœur de mes appartements, je m'assieds sur un divan de pierre, je fume une cigarette. C'est le départ d'un nouveau voyage, tout aussi fructueux et excitant, dans les dédales de la capitale de tous temps mystérieuse, dans les bas-fonds, sous les toits, le Paris interdit au public, le Paris à l'envers.

2.

La découverte de Paris.
Cet extraordinaire voyage d'exploration ! Je m'étonne toujours que le musée de l'Homme ou une bonne revue de vulgarisation géographique ne fasse jamais état du peuple citadin, ne révèle pas au grand public l'ethnologie des bas quartiers, que les grands canards préfèrent renseigner dûment leurs milliers de lecteurs sur les mœurs et coutumes des Indiens Navajos que sur ceux et celles des vieux de Nanterre, comme je m'étonne qu'après l'énorme quantité de livres, et bons

livres, consacrés à Paris, ancien et moderne, par les descripteurs du fantastique social, l'habitant ignore sa ville, la dédaigne ou limite ses réflexions et commentaires toujours identiques à la poésie des quais de la Seine comme à la visite des musées nationaux, et trouve curieux qu'un homme ordinaire, mais qui sait voir, entendre, renifler, se servir de ses appareils sensoriels comme d'antennes démesurées puisse encore de nos jours rester embarrassé, ahuri, stupéfait, muet d'étonnement, incapable de commentaires, écarquiller l'œil, n'en plus dormir, se précipiter sur ses amis pour leur faire part de ses découvertes, les y entraîner, leur y faire prendre pied…

Découverte de Paris que j'ai faite à dix-sept ans, y perdant mon pucelage. Pensionnaire rue de la Pompe depuis le début de l'enfance, je faisais le mur, descendais l'avenue Henri-Martin, ce cours provençal, vers le Bois et les lacs pour aller dormir sous les saules pleureurs, préférant roupiller sur l'herbe rêvant à l'aventure, plutôt que dans ce hall dortoir si tragique avec sa lampe bleue au ciel et son aspect que je devinais déjà d'hôpital et d'asile où je devenais malade chronique. Et je me roulais dans mon manteau. Mais ne pouvais dormir, les bruits du sol et des arbres pas encore familiers m'en empêchant et l'émotion d'être là tout seul dans la nuit me tenant éveillé, l'imagination battant la campagne, jusqu'à l'aube où transi de froid et les membres noués, j'allais baguenauder au bord de l'eau, discutailler avec les pêcheurs à la ligne, les seuls indigènes, et me balancer sur une chaise en regardant les pins, savourant les seuls instants vivants de cette existence de convict adolescent.

Je faisais le mur quatre ou cinq fois la semaine. Et

une belle nuit, j'ai basculé définitivement de l'autre côté, tombé accroupi sur les chevilles, retenant mon souffle, mon baluchon ridicule sous le bras, avec en poche de quoi vivre quelques jours (mais j'ignorais combien, n'ayant pas la moindre notion des moyens d'existence solitaire et équivoque), et courant doucement le long de la rue, puis marchant libéré, dans un pays inconnu, me dirigeant à vue de nez, mais trop joyeux pour ne pas siffloter, passant le reste de la nuit à traverser la moitié de la ville et allant boire mon premier café d'homme dans une brasserie de voyageurs près de la gare de l'Est. Il y a dix ans de cela.

Découverte et connaissance de Paris que j'ai faite, assez bizarrement, à partir de Luna Park, ayant trouvé et élu domicile à la porte Maillot chez Boris, un garçon plus vieux que moi qui avait tout laissé tomber pour filer au maquis mais avait raté le coche, parce que jouissant d'un appartement vieillot et moisi il avait commencé à courir les filles et claquer bêtement le fric qu'il avait à ne savoir qu'en faire.

Et nous cavalions le soir à Luna Park, donc, ce paradis perdu, ce presse-purée multicolore et merveilleux qu'on a détruit pour planter à la place de la caillasse. Nous faisions tous les manèges, affectionnant plus particulièrement ceux des autos-qui-se-cognent, dépensant de petites fortunes à tourner en rond et à siffler les boniches, visant les moins laides, les couples de belles poupées du samedi soir, et nous rabattant avec les insuccès et les tours perdus sur deux quelconques paires de fesses. Mais la plupart du temps, il y en avait tellement, ça foisonnait, fourmillait, de quelque côté que l'on se tourne le paysage était plein de jambes, de seins, de robes claires, de jupes courtes, de bas de soie, de lèvres rouges, kermesse héroïque où tout était permis, les mains partout ; une femelle qui dans le métro se serait fâchée à cramoisi au contact d'un genou, ici se laissait couler au fond, dans la rivière enchantée, satisfaisant avec la meilleure volonté notre curiosité tactile. Tellement donc, qu'au bout d'une heure ou deux on s'en allait bras dessus dessous avec deux belles mômes vers le bois de Boulogne, où l'on se perdait, on descendait se livrer à des jeux à peine érotiques dans les couloirs sombres et pleins de vie des abris antiaériens, et s'en revenait après une virée dans les cafés du coin à ce fameux appartement aux meubles et tableaux très austères, dans deux chambres contiguës qui fleuraient la pureté (celle de la jeune sœur et celle de la grand-mère heureusement évacuées en zone nono), on buvait un peu et l'on troussait les filles…

Mais tout cela, ordinaire à mon âge et à mon destin de jeune citadin, n'était rien à côté de la révélation d'un Paris exotique, à portée de la main, que je dois justement à ces amours faciles, quand les petites garces me donnaient rendez-vous au bout de lointains quartiers périphériques, hors de mon horizon familier, étant pour la plupart filles du peuple, dactylos, ouvrières, employées de bureau, vendeuses de magasins, gourgandines et pisseuses en maraude qui bossaient dans le centre, mais créchaient près de la zone, et m'obligeaient à cavaler, le cœur battant, et cent balles en poche, les dimanches ou samedis après-midi ou les soirs de semaine entre sept et huit, à des bouches de métro portant des noms jamais vus ni entendus, noms bizarres qui rendaient à mon oreille un son étrange et attirant, Télégraphe, Place des Fêtes, Chevaleret, Marcadet-Balagny, Philippe-Auguste. Et je faisais le pied de grue dévisagé par des hommes retour du boulot, entrais dans des cafés où je n'étais pas à l'aise, n'ayant pas appris encore au bout de quelques semaines l'attitude désinvolte ou la prononciation des mots sésame, ouvre-boîtes de la chaleur humaine des communautés bistrotières, et qui plus est portant cravate. Je me laissais entraîner le long de paysages insolites, imprévus, de rues populeuses pleines de ménagères et de baladeuses à légumes, au bord de quais et de canaux solitaires, d'interminables murs d'usines coupés de portails de fermes, et faisais l'amour sur des talus de mâchefer dans des recoins sombres et déserts loin des becs de gaz inquiétants, dans des cours invisibles gagnées au bout de couloirs-corridors. Et maintenant je serais bien incapable de mettre un nom (comme d'en établir la topographie) sur ces décors fixés derrière mon œil plus facilement que les visages des plus belles gosses : usines à gaz, immeubles de troglodytes, gratte-ciel inattendus se détachant dans le vide, hôtels borgnes, bals musettes, terrains vagues, dédales de rues, portes de la ville, stations d'autobus de banlieue, métros aériens, tunnels routiers, et plus loin les perspectives de désolation que je trouvais pittoresques.

Et quand bien souvent la fille me posait un lapin, je m'aventurais marchant les mains dans les poches, oubliant au bout de cinq cents mètres ma déconvenue et découvrant le monde...

Maintenant que j'y vis comme un poisson dans l'eau, ayant pris tous les tics, habitudes, manies, vices, allures, langage et fringues des anciens, arpenté la ville en tous sens, et la connaissant comme ma poche (mais y faisant tous les jours des découvertes), ma naïve satisfaction est d'écrire ce livre que je voudrais un documentaire sincère et complet sur ce que Paris a de plus vivant, sur le merveilleux qui y règne à l'état naturel et les personnages extraordinaires qui y vivent miraculeusement.

Une somme baroque.

Mais c'est impossible. Il y a trop de choses à dire.

Il faudrait y consacrer des années, et l'épaisseur d'un tel livre rebuterait l'éditeur avant le lecteur. J'ai tant de notes prises en deux ou trois ans de vagabondage intra-muros, crayonnées et empilées en vrac, Dieu sait où, et plus nombreuses encore dans ma tête, tant de visages, de dialogues, de toiles de fond, de prises de vues des bas quartiers où la vie est animale, dangereuse, cachée, de ce terre-à-terre exemplaire où règnent la loi de la jungle et le démerdage, où pleuvent les miracles, où l'on tire les jours plus vite que les bouffées d'une cigarette, tant de choses vues, entendues, devinées, à hurler sur la place publique ou à tenir secrètes pour n'être pas de la race des condés, tant et tant que j'ai dû limiter mes dix pages d'écriture quotidienne à l'éjaculation lente et spasmodique des premières à venir, dans un désordre imprévisible, selon l'humeur d'une mémoire qui fait des siennes, me joue des tours, et au milieu de la quête régulière et obsédante d'un repas et d'un toit tranquille. Et cela me fout le cafard, car chaque visage, chaque dialogue, chaque rue étroite, chaque coin sombre, chaque bistrot lumineux mériterait un volume entier et bourré comme une cantine, de renseignements, tuyaux, détails, anecdotes, commentaires…

Or, tant pis, il faut se résigner, laisser filer la plume.

Et aussi bien, ceci n'est pas un Baedeker à l'usage des touristes.

Connaissance de Paris que j'ai faite, donc, par les filles, et par un des rares métiers auxquels je me sois livré (ayant par nature la grande bougeotte, des fourmillements incessants dans les pieds, et étant sujet à ce genre de crampe qui prend au cinéma et fait enfoncer le pied quand on se lève, brusquement, dans un trou de vide et fait choir, comme après une belle bordée d'années de travail régulier et consciencieux, on se redresse satisfait et on se casse la gueule, non plus une patte, mais le passé, le seul qu'on ait et irrémédiablement paumé…) je veux dire celui de métreur d'appartement, à l'époque bénie pour les chômeurs où tous les architectes et exploiteurs d'immeubles avaient besoin d'une armée de nègres, jeunes et cavaleurs, étudiants des Beaux-Arts ou garçons coiffeurs en rade, ces messieurs ramasseurs de gros pognon ayant dû omettre, lors de la construction de leurs termitières affreuses ou de l'achat de leurs cages à étagères, de garder les plans et devant alors faire mesurer pièce par pièce, pouce par pouce, les surfaces pas encore corrigées… Et j'en ai profité, ayant rencontré un jour M. Maurice, dit Jérôme, ex-garde champêtre de la ville de Paris, parfait truand à la petite semaine, poseur d'ardoises, arnaqueur bon enfant, filouteur habile, floueur innocent, ancien compagnon de ma cellule 253 de l'Hôtel des Baumettes (Marseille-Mazargue), au plein ciel de sa réussite sociale, qui proposait à tout venant, mais en secret, en confidence, en tuyau dont il fallait apprécier tout le prix, ce travail à première vue rébarbatif, mais rapportant à ses dires quinze cents francs par jour, quoi ? Comment ? Écoute, ne charrie pas ! – Mais non, tu verras ! Et n'ayant rien à faire ni à manger, je marchai dans la combine. Il s'agissait de s'armer d'un mètre pliant, aux frais de l'ouvrier malheureusement, et d'aller aux endroits requis, prendre les mesures exactes des surfaces où vivaient les troglodytes à papiers peints et calculer la surface, un travail de tout repos...

Je m'aboulais vers huit heures du matin pour réveiller Jérôme qui couchait rue Nicolas-Flamel, dans un vieil hôtel à putes, le forçais à se lever, lui retrouvais ses lunettes. Il me donnait une liste d'adresses, aux quatre coins du monde, rue de la Chine, place des États-Unis, rue de Crimée, porte d'Italie, et je partais avec le vent frais, ayant en poche de quoi prendre mon deuxième pousse-dehors au bistrot du coin et le métro comme un grand, souvent avec un inconnu, car on travaillait en équipe, mais jamais avec le même collègue, question de non-organisation, et on grimpait au point cardinal, musant dans un quartier nouveau avant de se mettre au boulot, on entrait dans la maison à décortiquer, montrait le blanc-seing d'usage à la cloporte qui faisait grise mine, montait aux étages, frappait aux portes, entrait de plain-pied dans les décors familiaux, les aîtres petits et grands bourgeois, les logements d'ouvriers, les chambres de bonnes, on s'excusait du dérangement, mais les habitants n'avaient rien à dire quant à notre intrusion intempestive si ce n'est grommeler et râler sur la proche augmentation. Je maniais négligemment mon dépliant à bout de bras qui évoluait dangereusement autour des potiches et statuettes d'importation japonaise, via les prisunics et bons de la Semeuse, je dictais les mesures approximatives à mon suiveur qui les notait, tout allait bien, les gens commençaient à nous raconter leur petite vie et leurs grands emmerdements. Mais au bout de trois jours, on avait tous saisi la technique, le fin mot et les avantages en nature du métier. Ayant à faire deux ou trois immeubles par jour pour la somme convenue à forfait, on s'amenait sur les lieux vers dix-onze heures, repérait l'agencement des locaux, mesurait au demi-mètre près le premier étage, évaluant d'un coup d'œil expert les corniches et les cheminées dites apparentes, la profondeur de l'encastrement des placards, et allait s'asseoir tout en haut de l'escalier, recopiait lesdites mesures sur nos feuilles, une par appartement, en diminuant légèrement vers le sommet (j'avais émis l'hypo-thèse rassurante que pour tenir debout une maison devait être plus large en bas qu'en haut). Puis on entrait au hasard faire des moulinets dans les pièces les plus carrées pour mettre notre conscience professionnelle au vert et demander, histoire de se faire bien voir, si le locataire n'avait pas de réclamations à formuler à l'Office du logement, les éliminant si elles devenaient trop discursives. On essayait de glaner un verre, cela arrivait, qu'on buvait assis dans la cuisine comme d'honnêtes livreurs, faisant les importants et lorgnant les femmes, car les maris partis au boulot se comptaient par dizaines (cette petite brune aguichante qui nous reçut, à l'improviste, en combinaison transparente et ne prit pas la peine de se couvrir les cuisses, nous offrit un siège, le bord du divan, et du porto, mais nous étions deux, la situation était spectaculaire, délicate et desti-née à se terminer en queue de poisson). On redescen-dait chez la concierge, se poser les fesses près du feu et les coudes sur la table en faisant mine de nous livrer à d'interminables calculs, multiplications en carrés, en cubes, évaluation de coefficients, aération, visibilité, vétusté, regardant la bonne femme du coin de l'œil jusqu'à ce qu'elle nous offre un verre de café et des gâteaux secs (je sais par expérience qu'il n'y a pas de buffets à douceurs mieux garnis que ceux des pibloques). Midi était passé depuis longtemps, on allait casser la croûte chez le bougnat d'en face, prenait des digestifs, à toute petite vitesse, surtout quand je travaillais avec Drelin qui les appréciait fort et trouvait naturel d'y faire passer la plus grosse part de sa paye, jusqu'à une heure avancée de l'après-midi, à la première grisaille du soir d'hiver, on finissait le dernier trois mille d'une belote à quatre, et s'en allait faire les deux autres pâtés de maisons. On rentrait au Châtelet retrouver Jérôme qui se lavait et s'habillait seulement et nous larguait les beaux fafiots, on partait tous faire les fanfarons dans les bistrots à filles des rues Quincampoix et des Lombards, montait bouffer aux Halles avec chacun le plus souvent une femme pas trop décavée. C'était la vie de château.

Mais pendant plusieurs mois, j'avais fait la découverte d'un Paris baroque, l'inconnu des derniers retranchements intimes, j'avais, comme le héros romantique, soulevé le toit-couvercle des maisons et regardé dedans, à l'improviste, pénétré comme par effraction dans les chambres, cambriolé les armoires, fouillé les garde-robes, surpris les gens à table, à la fenêtre, à la radio, à la cuisine, à la lecture des journaux, à l'amour, au cassage de vaisselle, au raccommodage, au lessivage, aux chiottes, au bidet, mis le nez dans les minutes familières de la vieille fille qui allaite ses chats, de la femme honnête qui lit *Confidences*, de la boniche qui presse ses points noirs, du vieux qui tricote ses souvenirs, contemplé des décors identiques, malgré de légères différences de couleur, d'agencement et de désordre, posé mes pieds sur les mêmes linos et tapis-brosses, quand ce n'étaient pas les patins, ma grande joie, et mes mains sur les mêmes papiers peints, bousculé les mêmes coussins soigneusement ébouriffés, frôlé les mêmes mégères et mères de famille aux mêmes tabliers et même regard éteint d'accoutumance au boulot chez soi, tant et tant que j'en avais ma claque, redescendais quatre à quatre, cavalais dehors pour constater une fois de plus que le spectacle est dans la rue.

Mais dans le tas, malgré tout, les originalités ne manquaient pas... Découverte d'une champignonnière installée dans un appartement trois pièces. Dès l'entrée, une forte odeur d'humus et de feuilles mortes prenait aux narines, et j'aurais dû enjamber dans une obscurité humide des monticules de terre où pustulaient des taches blanches. Je préférai renoncer à prendre mes mesures, mais non à interviewer le bonhomme qui m'offrit un blanc doux dans le vestibule où il devait vivre, cuisiner, manger, dormir et se laver, et m'expliqua qu'étant locataire depuis plus de trente ans il avait tous les droits, y compris celui de transformer les plinthes et planchers en bâti lacustre et terreau à limaces. Je ne tentai pas de le contredire, me contentant de lui demander si ses cultures rapportaient, de quoi vivoter selon lui. En sortant de là je me demandai si la prochaine porte ne s'ouvrirait pas sur un parc à huîtres ou une fabrique de femmes-troncs.

Et deux ou trois fois par semaine, je pouvais alimenter la conversation des soirées bistrotières passées rue des Lombards en compagnie de la Toulousaine, belle-en-cuisse et forte-en-gueule, maîtresse en titre de M. Maurice, en détaillant mes petites découvertes de la journée et buvant force beaujolais pour chasser les divers parfums obsédants recueillis çà et là, comme chez une vieille cinoque de la rue des Archives qui faisait brûler chez elle du papier d'Arménie, probablement depuis son plus jeune âge, sans jamais ouvrir ses fenêtres, ce qui m'avait fait évoluer et trébucher dangereusement jusqu'au plus proche fauteuil, dans un décor pseudo-tibétain, haut en couleurs et parsemé de photos d'ectoplasmes, et dont je n'avais réussi à m'extraire que par un effort de volonté dont je suis encore fier, car si mon odorat est sensible, mais accueillant à toutes les odeurs humaines et animales collectionnées dans des communautés diverses, il ne saurait s'habituer ni se complaire aux élucubrations de la mode cultuelle et je souhaite ne jamais foutre les pieds dans un temple chinois ni dans une église russe où l'on brûle des bâtonnets d'encens.

Et je n'en finissais pas de raconter mes impressions sur une volière découverte quelque part vers les Buttes Chaumont, un atelier d'artiste plein d'oiseaux en liberté, sans la moindre trace de cage, immense hangar à baie vitrée ahurissant de cris et de couleurs, comme si on y avait lâché le matin même tous les chanteurs, siffleurs et pondeurs du quai du Louvre, une véritable merveille, au milieu de laquelle j'aurais volontiers passé l'après-midi pour tenter d'en évaluer le nombre, d'en faire la nomenclature, si le type, un homme jeune au regard étrange, m'avait permis d'entrer autre chose que la tête dans l'embrasure, et tout de suite repoussé dans son antichambre qui faisait sas et écran de protection. Je lui en veux de m'avoir interdit un tel spectacle. Comme j'en veux, mais bien plus, à un autre de m'avoir laissé pénétrer dans son repaire. Logement minable de très petit employé aux écritures, trois pouces carrés d'un dernier étage que je tenais à métrer pour me débarrasser d'un immeuble sans intérêt du quartier Saint-Pierre, et dans lequel j'entrai, suivi par un petit homme sec qui referma soigneusement la porte derrière lui et se frotta les mains. Je ne prenais pas garde à son attitude, mais des notes, m'étonnant seulement de l'intense chaleur qui régnait là. Je poussai un meuble secrétaire pour m'agenouiller sur un divan quand j'aperçus un tas bizarre de mince boudin noir au creux d'un vieux journal, à quelques décimètres de ma main, je restai immobile, essayant de me persuader qu'il s'agissait d'un objet sans intérêt et non pas d'un serpent tel que je le voyais bouger doucement. C'était le moment ou jamais de jurer selon la meilleure éducation boulevardière, mais je ne retrouvais pas mon vocabulaire familier et ne sus que reculer, assez mal en point, et regarder ailleurs, il y en avait partout, ça coulait sur les tables et autour des pieds de chaises, je ne cherchais même pas à regarder de loin dans des corbeilles posées près de la cheminée, je contemplais anxieusement le plancher pour m'assurer une retraite tranquille et m'en allais la queue basse sans écouter les explications polies et mielleuses du monsieur. Dans l'escalier, descendu d'un air pincé, je relevais mes bouts de pantalons. Et devais en rêver pendant une bonne semaine. Cette espèce de salaud (qu'il comprenne ou non mon qualificatif je m'en fous) est sous-fifre dans un ministère, comme me l'apprit le bougnat d'en face, et se balade avec ses bestioles dans ses serviettes, les emmène au bureau, en répartit dans ses tiroirs et joue avec lors de ses moments de loisir... Depuis j'évite avec soin l'approche de son quartier et les stations de métro où il est susceptible de monter... Et je pense avec une sympathie accrue à ce bon M. Dassonville qui, tout en aimant passionnément tous les animaux de la création, se contente pacifiquement de promener Grisette, sa cane apprivoisée, aux environs de l'île Saint-Louis et de l'emmener se baigner sur les quais de la Seine… Ainsi ce n'étaient pas tant les logements qui retenaient mon attention de voyeur, mais les habitants, bonshommes originaux, curieux, insolites, inattendus, pris sur le vif, surpris au moment où ils se livraient innocemment à leur passion, leur violon d'Ingres, leur manie, leur dada, tous ces bricoleurs, ces collectionneurs, ces entasseurs et contemplateurs d'objets hétéroclites, et l'on ne sait jamais si cela est gratuit ou rentable. Gens se livrant à des métiers bizarres, dont le rapport n'est pas très évident, bricoleurs, inventeurs, farfouilleurs et trousseurs d'idées géniales – et je refuse de parler des plus malins, ceux qui ont l'esprit clair et le sens des affaires, les innombrables astrologues, faiseurs d'horoscopes, alchimistes du cœur, conseillers en affaires, qui ramassent un pognon fou gagné sur la naïveté des pauvres gens, et dont on devine à peine le nombre en lisant les journaux spécialisés, escrocs légaux qui promettent la fortune, ou le retour de l'infidèle, ou la remonte des seins contre trois timbres, comme cette immonde petite vermine à gueule de fœtus abyssal rencontrée par hasard et dont je lisais les circulaires envoyées dans toute la France : « Contre remboursement vous enverrai moyen infaillible d'améliorer votre train de vie ; pourquoi rester dans la médiocrité ? Vous avez la richesse à votre portée. Vous indiquerai deux cents travaux à domicile d'un rendement prouvé ; envoyez seulement cinq cents francs » en échange de quoi le mec leur conseillait de vendre des stylos à bille, qu'il leur filait soi-disant à prix réduit, ou de chercher des champignons sous les grilles des platanes de la ville de Paris ou de lui taper des enveloppes ou d'élever des cochons d'Inde ou de découper des figurines en papier ou de faire un des cent quatre-vingt-quinze autres trucs du même acabit... Mais c'est trop dégueulasse et je préfère revenir aux obsédés par folie douce et inoffensifs maniaques comme les collectionneurs, non pas de timbres, de boîtes d'allumettes ou de camemberts, ce qui ne rime à rien, mais d'objets inattendus...

Comme le Vioque, qui possède la plus belle collection d'érotiques que j'aie jamais vue, sa chambre mansardée en étant pleine : livres, manuscrits, statuettes, objets divers, photos, gravures, y compris un grand livre de recettes administratives, où était calligraphiée avec soin et art la reproduction de tous les graffitis de pissotières et autres endroits de solitude *ad hoc*, dont certains en langue étrangère dont je ne pus saisir tout le charme, mais la plupart en argot, ce cahier devant représenter le travail consciencieux de dizaines d'années et un nombre incroyable de stations, debout ou assis, dans les lieux dits d'aisance. Et un tas de grands cartons pleins de gravures exotiques assez banales à mes yeux, étant donné l'étonnante identité d'aspect que présentent les sexes des hommes ou femmes répartis dans l'univers, mais remarquables par le nombre, et je le félicite ici pour ses photos de l'époque héroïque, jaunes et pâlies mais vivantes où des messieurs à fixe-chaussettes et moustaches en croc se livrent fort dignement à des ébats fantaisistes sur les diverses parties du corps de nymphes à chevelure pâtissière. Il me faisait boire une liqueur douce (peut-être aphrodisiaque) servie dans une carafe-phallus dont le bouchon se déglandait judicieusement, et défaisait tous ses cartons, fauchés probablement dans les réduits de son ministère, soulignait du doigt les détails que j'aurais eu mauvaise foi à ignorer. Mais malgré la chaleur évidemment communicative de ses collections, il n'y avait pas de poêle dans sa chambre, et mon collègue s'impatientait dans l'escalier...

Comme le Polyglotte, que je découvris un soir, tout en haut d'un escalier tortueux, pénible et dangereux, assez semblable à celui de la tour Eiffel, en train de laver une maigre salade au robinet commun de l'étage, et qui créchait dans un deux-pièces verdâtre à l'odeur indéfinissable, une lampe à gaz éclairant faiblement et d'une façon diffuse un décor crasseux au milieu duquel trônait une table immense recouverte d'une housse de billard, sur quoi s'empilaient divers papiers et brochures dont un gros dictionnaire russe qui servit d'introduction à une conversation assise et accompagnée d'un litre de vin blanc. L'occupant hospitalier était un vieillard décrépit mais encore noble, son visage reflétant la sérénité que seul donne un très long célibat. Et je ne tardais pas, avec des allusions fallacieuses s'entend, à connaître la raison du nombre étonnant de dictionnaires, manuels, guides et lexiques qui faisaient crouler les planches de l'alcôve et repoussaient dignement les paquets de nouilles et de riz. Cet homme était, à ses dires, ancien agent de l'Intelligence Service, et connaissait parfaitement trente-sept langues, tant européennes qu'américaines et asiatiques, et par surcroît affirmait pouvoir se débrouiller avec des indigènes de régions diversement situées dans les deux hémisphères. Malheureusement il ignorait l'esquimau, et n'avait pu encore trouver de manuel de conversation groenlandais à un prix raisonnable. C'était en quelque sorte le désespoir de ses vieux jours.

Mais, en dehors de ses talents d'interprète inutile, ce

remarquable individu n'avait qu'une conversation assez terre à terre, et après lui avoir rendu visite deux ou trois fois, je l'abandonnai malgré sa claustrophobie naissante au feuillettement de ses dictionnaires. Mais, entre-temps, j'avais pu apprendre de lui l'existence dans les appartements des bas étages, plus vastes que les hautes piaules mais guère mieux agencés, d'un autre original de belle espèce, individu qui avait la manie, ou plutôt l'obsession de vouloir économiser ses forces vitales (il était temps) et d'utiliser la moindre calorie alimentaire, ne laissant jamais perdre une miette d'une nourriture déjà fort ascétique (il ne descendait sa poubelle qu'une fois ou deux par trimestre, faisant sa soupe de détritus et épluchures diverses qu'il classait soigneusement dans de petites boîtes de carton), comme d'utiliser le moindre mouvement mécanique dans son plus grand rendement. Ainsi, à sa porte pendait une brassière de tapisserie d'un modèle déchu qui actionnait une sonnette aigrelette, et le nombre relativement important des visiteurs (il était lui aussi astrologue en chambre) l'avait amené à considérer que la traction exercée sur ledit cordon pourrait être multipliée, et le fit se lever une nuit pour attacher la brassière, par un jeu savant de fils de fer, à la chaîne de sa chasse d'eau, le bonhomme étant très fier de constater qu'à chaque visite, la cuvette des chiottes se vidait à grand bruit sans qu'il eût à lever le petit doigt. Mais il ne tarda pas à se plaindre *in petto* des deux inconvénients majeurs de ce système, à savoir l'absence dominicale des visiteurs et les énervements compréhensibles des mêmes, ou de l'employé du gaz, qui venant le voir aux heures où il faisait son marché ou sa belote, sonnaient à coups redoublés, écoutaient les borborygmes liquides et se persuadaient facilement que

M. Charles était bien à l'intérieur, s'absorbant outre mesure dans des occupations solitaires ou en proie à des ennuis d'ordre intime se prolongeant par trop... Bien entendu tous ces personnages bien vivants et ayant domicile fixe restent ici anonymes, n'en déplaise aux petits copains journalistes et fouineurs consciencieux, car ils tiennent bien trop à leur tranquillité, dédaignent la publicité et ont horreur des visites intempestives ; à l'inverse de tous ceux qui ont besoin d'un public et des commentaires d'autrui pour réaliser leur bonheur (j'avais déjà eu la chance de ne pas me faire étriper par l'oiseleur et par le fongicole qui m'avaient pris pour un agent d'assurances, leur hantise. Quant à l'ophiolâtre, il avait tout bonnement indiqué sur sa porte : prière de s'adresser à la concierge).

4.

Connaissance du Paris-des-Rues que j'ai faite aussi en tant que beugleur de canards volant, vendant *L'Intran* au temps de son opulence, pendant plusieurs mois, arpentant d'un pas rapide les grands boulevards, mes papiers sous le bras et criant machinalement le traditionnel *L'Intran*, demandez *L'Intran* dernière, si machinalement que quelquefois le soir ma pile épuisée, œil vague et pipe au bec, devant la Madeleine ou rue de Rivoli, je continuais à crier, ce qui faisait se retourner les passants et me laissait pantois et hilare. *L'Intran* que je prenais aux heures d'édition depuis celle d'onze heures jusqu'à la spéciale de huit heures, dans la cour de l'immeuble du *Populaire*, faubourg Poissonnière, au milieu des gars de métier, des vieilles édentées, qui allaient s'accroupir aux bouches de métro, des vieux chenoques pseudo-clochards que la faim chasse des quais de la Seine et fait cavaler, ingambes et presque aphones, le long des rues fréquentées suivant des itinéraires précis, immuables, personnels, qu'il aurait fait vilain d'emprunter devant eux, des vieux et des vieilles plus mauvais que des teignes et imbus de leurs droits, au milieu des clandestins (dont j'étais d'abord) sans-travail, sans-logis, qui grattaient là quelques sous, sans autorisation préfectorale, évitaient les flics, des pâles étudiants timides ou vantards qui n'atteignaient jamais un chiffre de vente suffisant, tout juste bons maintenant à refiler leur torche-cul chroniqueux du quartier Latin et faire des manières et des mines auprès des putains de Pigalle ou des vieux messieurs des Champs-Élysées, tandis que je dépassais glorieusement les quatre cents, multipliant les primes, gagnant de l'argent, bouffant comme un chancre pour une somme dérisoire à la cantine du canard avec les rédacteurs que je tutoyais mais n'enviais pas, couchant dans une bonne piaule de la rue Dupuytren, à l'Odéon où je finissais mes invendus, les mauvais soirs, quand il pleuvait par exemple ou faisait froid, les doigts trop gourds pour rendre la monnaie. Quand ce n'était pas plutôt à l'Opéra, à l'angle du Café de Paris, après la sortie des tables rangées en tas, et rêvant entre deux clients à un départ prochain, fatigué d'avoir marché depuis le matin, louvoyé dans les bars et brasseries de ce quartier où ma mise relativement correcte apaisait les maîtres d'hôtel, et stationné debout au comptoir des bistrots relais, en particulier celui qui est à l'angle de la rue de Sèze où se retrouvent toutes les arpenteuses luxueuses des Capucines, que je connaissais toutes et avec qui je n'ai jamais couché, plus intime pourtant avec elles que les touristes et alléchés de toutes espèces, ou ce bistrot maintenant brasserie imposante et vide de la place du Havre où je posais mes journaux sur une table et qui partaient tout seuls tandis que je buvais un rhum, surveillant du coin de l'œil l'avalanche régulière des pièces de monnaie, attendant la serveuse du tabac voisin qui partageait ma chambre par économie.

Et si je bouffais bien, je buvais tout autant, dans les différents bistrots de cette rue du Croissant, étroite et qui finit en goulot de bouteille, y passant mes matinées et mes débuts d'après-midi avant la tombée du journal, jouant à la belote ou discutant métier avec les cyclistes, les motards, les chefs de vente ou contemplant, à travers la vitre et verre en main, les camions à remorque qui chargent les invendus et qu'un nègre arrose d'encre bleue pour les rendre impropres à la consommation et empêcher un récupérage clandestin. Mon copain préféré, quoique solitaire et silencieux, était Musée Grévin, surnommé ainsi car, toujours entre deux vins, le cerveau nageant entre ces deux liquides, et s'y maintenant avec l'équilibre instable du ludion, il passait son temps à dormir, immobile, assis penché sur son tabouret, les yeux clos, les mains croisées, indifférent au mouvement, au boucan, aux appels... Si ce n'était à l'offre d'une tournée.

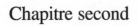

Chapitre second

1.

Itinéraires parisiens. Balades lentes dans la ville qu'ignorent bien évidemment (et heureusement) les entreprises touristiques, car il n'y a rien d'autre à voir dans ces parcours que la poésie à l'état brut, ce que des promeneurs payants ne sauraient apprécier, poésie des pierres, des pavés, des bornes, des portes cochères, des fenêtres mansardées, des toits de tuile, de l'herbe rare, des arbres inattendus, des impasses, des passages, des culs-de-sac, des cours intérieures, des hangars dépôts de charbon ou de matériaux de construction, des entreprises de démolition, poésie des chantiers, des terrains encore vagues, des boulodromes, des bistrots buvettes, poésie des couleurs mais aussi poésie des odeurs qui varient à chaque pas-de-porte... Itinéraires qui serpentent à l'infini, interminables pour celui qui sait flâner et voir, a le culot d'entrer dans les cours, les cités, les voies privées, la tranquille attitude du gars partout chez lui, et qui sifflote en passant devant les habitants habitués des trois-quatre rues en araignée qui forment leur village loin de la ville, mais ceux-ci curieux et soupçonneux envers cet étranger qui dérange les gosses et les pigeons, suspend les conversations. Les femmes surtout n'aiment pas ça et s'arrêtent de tricoter sur leur chaise et penchent la tête derrière les rideaux, et les hommes aussi qui se taisent chez le bougnat, salle à boire commune d'où l'on s'attend à se faire évincer non par le patron lui-même mais par le client ayant horreur qu'on entre chez lui sans frapper, salle familière comme une cuisine de ferme avec son décor tranquille plein bois zinc et verrerie, le coucou ou la pendule à balancier qui bouche les trous de la conversation, la toile cirée sur les tables, le poêle pipe au centre et son tuyau réargenté à neuf ou branlicotant soutenu par des fils de fer, les gravures au mur, les photos des coureurs cyclistes et des équipes de football, la publicité anachronique des apéritifs et boissons maintenant hors d'usage, ou pour le moins réservés aux anciens, Amer Picon, Gentiane, Bonal, Clacquesin et celle manuscrite, écrite au pinceau rouge sur le dos d'un calendrier des Postes ou au blanc de plâtre sur la glace, qui vante le petit vin du pays, celui du patron et par adoption des habitués, Mâcon, Sainte-Cécile, Pomerol, Puisseguin et sur les tapis de table des jeux naïfs mais évocateurs de repos bien gagnés, dames, nain jaune, jonchets et dominos, sur le mur du fond un menu presque effacé qui fait rigoler amèrement et courir les souvenirs des vieux, casse-croûte à 65 centimes, à savoir une douzaine d'huîtres, du pain et un verre de blanc, ce n'est pas tellement le prix qui fait sourciller mais plutôt qu'un plat d'huîtres ou d'escargots ou de moules ait jamais pu être considéré comme un casse-croûte, maintenant qu'un honnête saucisson de cheval vaut cent cinquante francs et une livre d'oignons crus trente ou quarante…

Itinéraires parisiens, dédales, détours, raccourcis, volteface, retours, montées, descentes, calme plat des rues abandonnées, dont le charme est si grand que fatigué déjà d'un long piétinement dans la zone sud, aux confins de Montrouge, je n'hésitais pas à regagner ma tanière des Halles par le chemin des écoliers, quittant le boulevard Kellermann pour remonter sur la place des Peupliers et longer la rue Charles-Fourier (où dès cinq heures des dizaines de copains cloches stationnent devant la porte de cave du sordide bâtiment de la Mie de Pain, faisant la queue de façon organisée, ne voulant pas perdre une place, car les tickets, rouges pour une soupe et un lit, blancs pour une soupe seule et le droit de dormir sur les bancs, et sans couleur distincte pour celui de s'allonger sur le ciment, sont distribués par ordre d'arrivée). Buvant un verre ou deux avec l'un ou l'autre chez Francis, le bistrot d'en face où le patron en a un peu marre d'une pareille clientèle mais n'en laisse rien voir, puis grimpant place Verlaine par le passage Vandrezanne à gueule de coupe-gorge la nuit et de calle provençale le jour, m'acagnardant dans la Cité des Artistes, cet entrelacs de voies terreuses suspendu au-dessus du boulevard Blanqui que l'on atteint par une ruelle introuvable d'en bas, cour de serrurier, escalier de pierre plate qui aboutit derrière une palissade, venelle pleine d'amoureux passagers sortant du bal ou du cinéma et traînant là le plus tard possible le dos collé à la barrière fragile d'un jardinet de basse-cour. Puis coulant dans la rue Corvisart bien bourgeoise maintenant après l'abondance des asiles de jour et de nuit (et chaque fois que je passe là je les regrette moins que le cours sinueux de la Bièvre romantique, socialisée en égout collecteur qui ne fume même pas le jardin des Gobelins) et passant le plus vite possible devant le Palais du Peuple, ce building cossu et trapu qui fait hésiter les jeunots de la belle étoile qui n'osent pas entrer dans ce hall d'immeuble moderne privé du sordide habituel – mais je les comprends car ce bâtiment a l'air particulièrement sinistre, non pas à la manière d'une masure infâme mais plus dangereusement d'un H.B.M., je les comprends et chaque fois que je me suis retrouvé dans cette rue des Cordelières sans un sou et les yeux saignants de sommeil, j'ai préféré passer outre et filer vers le terrain vague de la rue Deslandres, le jeu de boules, et m'y allonger, rêver si ce n'est fermer l'œil en face du plus beau pâté de maisons de Paris, le Château de la Reine-Blanche et les anciens moulins sur la Bièvre, maintenant rue Berbier-de-Metz mais toujours surplombée d'une architecture rustique réconfortante à quelques mètres du vacarme énorme de l'avenue des Gobelins. Et quand les rondes de flics me forçaient à décaniller, à l'aperçu des feux de leurs vélos, je m'en allais au village Palmyre, cet îlot provincial derrière la Glacière, où j'avais ma cache, entre des sacs de sciure, endroit tranquille assez ignoré des clochards et où je possédais mes aises avec l'accord tacite d'une bonne femme compréhensive…

Itinéraires donc, sentimentaux, qu'on pourrait tracer sur la carte à l'usage des promeneurs du dimanche avides d'étonnement et prolixes d'exclamations, et classer soigneusement comme ceux des guides bleus, en signalant par des signes typographiques adéquats l'angle des points de vue, les portes à inspecter, les embouchures à explorer et bien sûr les bistrots, relais et auberges nécessaires où les stations seraient minutées… On pourrait traverser Paris de part en part en ne suivant que des rues pittoresques, à condition de sauter les avenues, se boucher les yeux et les oreilles aux carrefours pour reprendre de l'autre côté le pas des caravanes, et cela sans jamais apercevoir de curiosité classée, sans avoir besoin d'évoquer l'histoire pour animer les vieilles pierres et émouvoir le cœur des visiteurs par des réminiscences plus ou moins factices, émotions baedekeriennes ou joannesques, ce genre d'expédition laissant ses cochons de payants les pieds gonflés et fourbus mais les yeux aussi, car encore une fois il est bien entendu que les Parisiens aiment mais ne connaissent pas leur ville… Enfin tout ça c'est de la littérature, du remplissage. La révélation de la vie d'une cité est interdite au public, réservée aux initiés, aux très rares poètes, aux très nombreux vagabonds et chacun en prend selon son humeur et sa capacité émotionnelle, selon le regard éteint ou révulsé ou en vrille. La ville est inépuisable. Et pour la conquérir il n'est que d'être justement vagabond-poète ou poète-vagabond.

2.

La traversée de Paris est plus lente que celle d'un département.

Comme on quitte un pays, une région, une ville, pour changer de paysage, voir du neuf, respirer un autre air, regarder des visages nouveaux, et se sentir loin de toute accoutumance, je change de quartier à l'intérieur de Paris, vais de l'un à l'autre après avoir épuisé l'un et espérant l'autre, mettant trois semaines pour aller des quais hospitaliers de Grenelle à la zone des Lilas, quinze jours pour monter du fort du Kremlin à la Maison de Nanterre et n'ayant ni plus ni moins de bagage dans ma musette qui perd ses fils ou dans mon vieux sac à dos qui paume ses poches, que pour partir à Cherbourg, deux liquettes, une brosse à dents (cet objet minuscule et d'aspect ridicule qui m'empêche encore d'être une vraie cloche), un paquet de thé, une boîte d'allumettes et un morceau de savon.

Vagabondage.

Mon plus long voyage, un bon mois, fut le parcours du quatrième arrondissement, le centre vital de Paris, le plexus, d'une diversité stupéfiante, propre à l'évocation d'un exotisme de pas-de-porte. Entre le bistrot Desmolières dans l'île de la Cité et la rue des Blancs-Manteaux, comme depuis la Morgue jusqu'à la rue de Venise, il y a des centaines de kilomètres à parcourir, chaque rue, ruelle, impasse, cul-de-sac ayant sa personnalité, comme sa vie propre, chaque îlot de maisons, masures, baraques et cages à poules, son univers fermé, ses bistrots, ses commerçants, ses filles de joie, ses habitudes, ses us et coutumes n'ayant rien à voir avec ceux du voisin, et son architecture, son état d'esprit, ses opinions, son boulot.

Pour traverser ce pays, il faut enjamber six ponts, deux bras de fleuve et une grande voie à circulation intense. Derrière Notre-Dame, la vie est paisible et sans histoires, les ruelles tordues comme des branches sont ignorées des touristes pourtant si proches, les maisons et cours intérieures sont des musées vivants de l'histoire de la Cité. Seuls des flics en pagaïe bousculent le calme de la rue Chanoinesse (leur école et leur boîte à distraction sont sises auprès). La rue des Ursins chemine en contrebas, sous le niveau du fleuve semble-t-il, et paraît inhabitée, je n'y ai jamais vu qui que ce soit entrer ou sortir des façades vétustes figées dans une immobilité minérale comme cet étonnant hôtel du Lion d'Or, en face de la pissotière connue des initiés pour ses graffitis érotiques, dont une longue histoire que décemment je n'ose mettre sous les yeux de l'éditeur (mais il vous suffit d'y aller voir) (avec évidemment des inscriptions politiques, mais celles-ci n'ayant jamais d'intérêt, se résumant à Vive Moi et Lui au Poteau). De plus le quartier est pour ainsi dire privé de bistrots, ce qui diminue quelque peu son intérêt. Le Quai aux Fleurs n'est qu'un parapet (sans floraison d'ailleurs) haut perché d'où l'eau est inaccessible si ce n'est par un double escalier coulant dans la flotte et se rejoignant par une étroite corniche creusée sous le mur de soutènement, Dieu sait pourquoi, et comme les Hindous au bord du Gange des clochards et des rêveurs sont assis au bas des marches, se trempant les pieds, lavant des bannières, ou dormant dangereusement sur la dernière plateforme glissante. Ce ne sont d'ailleurs pas des habitués, car le coin s'il est en dehors du trafic des passants n'en est pas moins inconfortable, chacun empêchant l'autre, vu l'étroitesse du passage, d'atteindre le fleuve sacré, l'eau source de vie et mort relative des parasites. Mais ce sont pour la plupart des clandestins, des chômeurs, des types aux allures bizarres et méritant une attention soutenue, peut-être des interdits de séjour risquant le paquet pour la seule joie de se décrasser, sûrement des hommes sortant de taule, qui chiffonnent et balancent au jus leur levée d'écrou toute neuve. Et, ce que je mis des semaines à constater, pas de pêcheurs.

De l'autre côté de la passerelle de fer, cette monstruosité édilitaire, le village Saint-Louis garde jalousement sa parfaite autonomie, ayant la double chance de se trouver au milieu d'un paysage exceptionnel et d'échapper à la grosse circulation, les seuls camions y pénétrant étant ceux des laitiers, du trafic des Halles et du glacier. Je n'ai pas encore habité l'île. Mais j'y ai travaillé, transformant, avec une équipe de joyeux Marseillais, un grenier en appartement tout neuf, en haut d'une de ces admirables maisons de je ne sais quel siècle historique, aux escaliers majestueux à marches si larges qu'on ne peut les monter deux à deux, à cours intérieures pavées, agrémentées de puisards et fleuries comme au temps des diligences, où l'on accède par des voûtes imposantes, à fenêtres immenses qui sont la bénédiction des vitriers environnants.

Mais maintenant chaque maison de l'île est classée monument touristique, étiquetée d'une planchette jaune portant les noms, qualités, et date de vie et mort des propriétaires. Et l'on parle d'abattre les peupliers des quais d'Orléans et de Béthune.

3.

Saint-Paul, ce chantier surréaliste, image type du fantastique social d'après-guerre au cœur de la Cité, s'en va morceaux par morceaux, pans de murs encore debout mais que rien ne retient, pas même les solives en arcs-boutants, plantés au milieu du sol blanc et des gravats. Le vieux quartier des juifs et des chiffonniers est rasé pour faire place à des H.B.M. (encore), mais en attendant, les gosses du lycée Charlemagne jouent aux billes sur l'esplanade. La porte majestueuse de la Confiturerie ne mène nulle part, si ce n'est sur une perspective insolite de forum romain. La rue du Figuier aux becs de gaz à coude définitivement éteints se recouvre de poussière grise, l'hôtel de la Toison d'or a fermé ses fenêtres et bouché sa porte de gros moellons, vins et liqueurs de marque, on a envie de tendre des housses de salon sur ces derniers meubles de pierre, le bistrot Michel n'a plus de clients (a-t-il encore un patron ?), la rue de l'Hôtel-de-Ville est amputée de sa rive droite tandis que l'autre penche dangereusement dans le vide, l'hôtel de Sens rapetisse à l'échelle d'une maquette… Mais la rue des Jardins reste le domaine des chineurs. Dans chaque alvéole s'entassent les lits de métal et les stocks de papier, la boucherie juive des Fleurs est pleine jusqu'à la gorge de vieux chiffons, le grand hôtel de la Goutte-d'Or est plus que jamais un caravansérail où nichent des familles nombreuses.

Seule la rue du Prévôt est encore entière mais morte, tunnel ossifié où les lézardes font leur bonhomme de chemin, et effacent la dernière inscription : réparation de phares et lanternes, au milieu des graffitis en yiddish… De l'autre côté de la rue de l'Hôtel-de-Ville, une maison neuve et inattendue abrite les ouvriers du chantier et le centre des Compagnons de France.

4.

Par la rue François-Miron je quitte Saint-Paul pour le vrai quartier juif. Cette rue qui mène de Saint-Gervais à la rue Saint-Antoine est, elle aussi, provinciale. Le trafic y est relatif, et les habitants sédentaires, petits commerçants et ouvriers à domicile. Si fait que la vie s'y passe sur le trottoir en été, chaises de paille, couture, papotages, et dans les bistrots en hiver, plus qu'à l'intérieur des casemates où l'on ne fait que dormir (et plus mal probablement qu'à la belle étoile). À l'endroit où s'enlisait il n'y a pas si longtemps l'impasse Guépine, les murs des masures ont été arasés et la place qui y reste sert de boulodrome aux adultes et de champ de bataille aux jeunots. Mais sous la neige fine, elle est très triste. Du seul bistrot d'angle, je regarde ces pans coupés, en plein ciel, en pleine tranche de vie, et de l'autre côté le café arabe dont l'architecture extérieure évoque en même temps le boui-boui indigène, le hammam turc et le bordel méditerranéen. J'ai habité légalement une piaule sous les toits qui donnait sur la rue Geoffroy-l'Asnier, par laquelle je gagnais le décor misérable de la rue du Grenier-sur-l'Eau (maintenant entrelacs menaçant de béquilles de bois en soutenant les rives), et la rue des Barres. Mais il y a si longtemps que j'ai oublié quels sentiments pouvaient m'inspirer cette sorte de terrier vide.

Je n'ai jamais couché rue des Rosiers, mais ne désespère pas d'y vivre une semaine ou deux, car le quartier juif est, au sens propre, hors de Paris. Entre la rue F.-Duval et le Passage des Singes (cette double cour glaciale où l'on peut dormir à l'aise et se laver à la pompe articulée si l'on est assez malin pour s'y laisser enfermer le soir), on se trouve en plein Israël. Les affiches des théâtres et des compagnies de navigation, les inscriptions et les enseignes des boutiques, comme les affirmations enfantines sur les murs (il y a très peu de revendications politiques tracées à la craie) sont toutes rédigées en yiddish, les vitrines sont parsemées d'étoiles à six branches, les magasins ont chacun sa pancarte suspendue au bout d'une ficelle indiquant qu'ici on expédie les colis pour la Palestine. Au bord du trottoir, les hommes aux barbes magnifiques et à l'éternel melon noir se livrent à d'incessantes et passionnées discussions. Les bouchers débitent leur viande en costume de ville, gardant leur chapeau sur la tête pour servir les clients. La plupart du temps d'ailleurs les boutiques sont à peu près vides d'acheteurs, mais pleines de palabreurs, et il est impossible de reconnaître le patron des visiteurs, tout le monde se ressemblant, à mes yeux bien sûr, et portant la vêture traditionnelle…

Là aussi l'univers est fermé sur lui-même. Le cycle des commerçants est immuable. Le quartier a sa synagogue, rue Pavée, son établissement de bains, rue des Rosiers, sa librairie, rue des Écouffes, son bistrot à l'angle de celle-ci, son cinéma, son théâtre (avant-guerre et dans quelque temps son ou ses bordels)…

Et chaque fois que je m'y aventure, je regrette de ne pas parler yiddish, tout le sel de ce paysage humain m'échappe, je ne m'imprègne que les yeux, ce qui m'en donne une idée fausse, je voudrais m'attabler avec eux, discuter, devenir un familier, connaître les femmes par leur prénom, les hommes par leurs travers, les restaurants par leurs petits plats d'Europe centrale et orientale, les boutiques par leurs spécialités, pain azyme en boulettes, mazzes trempés dans le café noir, le paprika pour le goulash hongrois, le halva, les käse-kuchen, les graines de pavots pour les pâtisseries vien-noises genre Mohnstrudel, les harengs en marinade et les rollmops piqués par une allumette sur un cornichon pâle… Mais c'est bien difficile. Malgré ma grande faculté d'adaptation, ma facilité à entrer dans la peau d'un nouveau personnage, de copier les manières, tics, langage et habitudes, au point de passer indifférem-ment et dans les milieux intéressés pour routier, bro-canteur, maquereau, intellectuel, je n'ai jamais réussi à pénétrer le milieu juif et chaque fois que j'y passe, je m'y sens un étranger, presque un touriste malgré mes fringues usées et ma musette à tout faire, je suis incapable de m'y arrêter, sinon pour boire un café en vitesse, j'ai l'impression que les hommes me dévisagent, se demandent ce que je viens faire là, et je file sans insister. Il faudrait que j'y aie un copain de mon âge, introduit dans ce milieu et qui me permette d'assister à des repas de famille, à des fêtes religieuses, m'apprenne des rudiments d'hébreu suffisants...

Je m'en vais prendre un verre place des Vosges pour me consoler, dans le bistrot tabac qui fait l'angle, et me balader sous ces voûtes étonnantes, entrer feuilleter des bouquins chez le libraire, ou palper des sacs de couchage chez le fournisseur d'occasions de matériel de camping, ou fumer une pipe au milieu du square. Cette place est anachronique. Enceinte historique où la civilisation n'a pas encore réussi à pénétrer, où il fait bon même en plein hiver...

5.

Si je n'ai pas couché rue des Rosiers, j'ai habité par contre trois ou quatre des hôtels du quartier Saint-Merri, univers tout différent, plus proche des Halles par le décor, plein de bistrots à filles, on ne voit que ça, petites salles collées les unes aux autres dans la rue des Lombards, aux angles de toutes les rues avoisinantes, Nicolas-Flamel, Brisemiche, Reynie, Aubry, où ces dames font tapisserie, assises bien sagement autour des tables ou sur les tabourets des comptoirs, attendant tranquillement le client. Filles peu farouches, avec qui l'on peut se taper une belote ou une biture sans qu'il soit question de boulot, en copains, avec le patron, Jo-les-Gros-Bras ou le grand Dédé, filles assez belles, leurs charmes opulents tenant bien en main et de qualité solide, fraîches pour la plupart, et capables de vous rendre de menus services, avec qui la conversation bien que terre à terre peut être révélatrice, ne serait-ce que pour la tenue à jour des cancans et histoires intimes du quartier, pour la documentation des mœurs et coutumes des gars des Halles et la mise à l'index des indicateurs – mais cela ne va pas plus loin dans ce domaine, et si tout le monde y lit *Détective* les performances sportives sont plus appréciées que celles de la pègre… – portant le costume de métier traditionnel, jupe noire collante, corsage large ouvert où bâillent les globes laiteux, capes de fourrure courtes et bouffantes, et bas filets à talons fantaisie, petits quadrillages noirs, érotiques, on se demande pourquoi…

La rue Quincampoix est démunie curieusement de bistrots, tout au moins dans sa partie prostitutionnaire, mais pleine de femmes dont l'intérêt réside surtout dans les volumes. Énormes boules immobiles à la place des becs de gaz, sous des parapluies noirs ou rouges. La Catherine fait dans les cent quatre-vingts livres et baise à croupetons. Grasses et boudinées, elles ne sont plus de toute première fraîcheur, mais les clients ne manquent pas : boucliers et tripiers du coin habitués à malaxer la viande mollasse et la bidoche violette. L'intérêt pour moi, locataire éphémère de l'hôtel de Nantes, était d'aller faire des visites de politesse matinales aux copines voisines, de contempler le décor, couloir casse-gueule, escalier gluant, piaules à mi-hauteur des étages, grabat de fer, sommier métallique où la bonne femme fait plouf, lucarne sur cour intérieure, bidet en tôle, serviettes-torchons effilochées, savon gros comme l'ongle qui fout le camp dans le trou de l'évier, lumière jaune nécessaire dès midi…

Mais il n'est pas de plus belle balade ni de plus
fructueuse en rencontres que le grand tour de Paris, la
reptation lente et attentive sous un bon soleil hivernal,
à la frontière de la ville haute et de la basse banlieue. Et
de temps en temps, quand j'ai deux, trois cents francs
et si possible un copain dont les yeux ne sont pas trop
chassieux, je grimpe à la porte d'Aubervilliers par la si
triste rue de l'Évangile où le camion hippomobile du
laitier fait figure de corbillard tintinnabulant, je prends
le bus de ceinture, je me laisse rouler, donnant mes
tickets au compte-gouttes, deux par deux au contrôleur
qui me prend pour follingue et emmerdeur, jusqu'à ce
que j'aperçoive un trou dans la barrière des H.B.M. et
je descends de mon balcon, je continue à pied sur
l'ancienne ligne des fortifications qui n'est plus que
ruban sale d'herbes et de terre tassées, mais où reste
encore, avec un large pan de ciel par-dessus, une perspective reposante de monticules glaiseux où jouent
toute la semaine les gosses crasseux hilares, et de petits
chemins étroits et piétinés comme des sentes de bêtes
vers l'abreuvoir.

Poésie et horreur de la zone ont été maintes fois
décrites, inspectées, photographiées, filmées, reconsti-
tuées en studio, exportées à l'étranger comme patri-
moine national (culture et goût français), utilisées à des
fins littéraires, artistiques, moralisatrices, politiques et
fourrées de force sous le nez des indifférents, par tous
les descripteurs de fantastique social, beaucoup mieux
que ne saurait le faire le rôdeur de barrières que je suis
d'occasion. Mais si l'émotion devant ces détritus

d'une civilisation mort-née est toujours la même, les décors changent, l'horizon se modifie, les pans de murs s'écroulent, les jardinets s'éloignent, les usines et les cimetières s'étendent à la façon des amibes, les caisses d'habitation vont et viennent et doivent suivre le mouvement, des stades et des squares éclatent çà et là comme des bourgeons, mais vite fanés, faute de sève et d'humus, et retournent à l'état de terrains vagues, domaine des dernières herbes folles, et ce de jour en jour, si fait qu'il faudrait tenir à jour la topographie de la ceinture, la nécrologie des familles nombreuses et s'en tenir à l'actualité, les derniers tuyaux comme ceux des journaux n'ayant qu'une valeur très éphémère. Et tout ce que j'ai vu en six mois d'hiver fait déjà figure de souvenir...

Comme peu de gens le savent, la zone ne date pas du Moyen Âge, mais de l'époque napoléonienne, et n'a pas été conçue pour l'établissement de fortifications militaires, comme d'autres le croient, mais par l'empereur qui voulait tout simplement feinter les fraudeurs d'alcool, ces contrebandiers qui n'hésitaient pas, pour passer les barrières et éviter les douaniers, à creuser des souterrains qui atteignaient trois cents mètres comme celui de Passy à Chaillot, et débouchaient à l'intérieur des cités de taudis intramuros où les policiers préféraient ne pas fourrer leur nez. Il fallut mettre bas des centaines de maisonnettes pour obtenir les terre-pleins où la vue porterait... Et interdire toute construction sur une largeur de cinquante toises, ce qui n'empêcha pas, au contraire, la naissance d'une nouvelle ville-champignon, faite de terriers et de baraques...

Les Puces de Saint-Ouen ne sont plus un marché aux bonnes affaires où le bon peuple s'en venait le dimanche matin traînailler sans idées précises, farfouiller dans un déballage incroyable d'objets hétéroclites, cherchait de quoi réparer son vélo et s'en retournait avec de quoi construire un phonographe, ou meubler de potiches et de carpettes son antichambre, ou vêtir le dernier-né pour une somme dérisoire (et tout le monde était content, le biffin d'avoir gagné quelques sous et le client d'en avoir économisé autant). Elles sont devenues un centre d'attraction aux mauvaises affaires, au même titre que la Foire de Paris ou les boîtes des bouquinistes, où l'on continue à baguenauder, mais sans plus acheter, car les prix ont monté en chandelle, et la marchandise est aussi chère, quoique d'occasion, que dans les magasins et les librairies. Et dès huit heures du matin, des cars de luxe ou des bagnoles américaines amènent des colonies de touristes à la recherche de couleur locale à prix honnête.

Mais entre l'aube et les premiers clients, le spectacle est à l'autre bout du marché, rue Lécuyer, assez peu fréquentée justement. Les derniers biffins amènent leur camelote sur les dernières voiturettes à poneys ou dans des guimbardes rafistolées. Là enfin l'aspect est à peu près le même qu'à Montreuil ou à la Saint-Médard. Dès qu'une famille s'arrête et marque d'une ficelle et de deux pavés sa place de droit, toute une volée de collègues chiffonniers et pique-poubelles se rue à l'assaut des caisses pas encore déballées, fouille, étale, répand sur les toiles et discute le coup, achète pour revendre, réclame un prix d'ami, prend, selon l'expression de la belle-fille à Dédé, la fleur et laisse le reste aux couillons, et paie en verres à boire dans les deux bistrots de cette rue vivante, le Chat Noir et chez Thomas. Celui-ci tronqué à l'angle de la zone, tenant debout par un miracle inexpliqué, bas de plafond, mais lumineux comme un aquarium, contient la plus belle brochette de cloches, bas brocanteurs et petits trafiquants des bords de Saint-Ouen. Là aussi chaque personnage serait à épingler et à mettre sous verre, sa notice biographique en dessous avec le récit complet de ses histoires à dormir debout. J'y passais des heures à siroter du mauvais Juliénas en compagnie de deux trois vieux copains du coin, habitants mystérieux de ce quartier bizarre, ramassis de petites ruelles, sentes, venelles en terre battue partant des rues en équerre et menant à des maisonnettes à bas étage, fleuries de jardinets et de palissades en planchettes et sommiers métalliques. Passage des Malassis, impasse des Acacias, allée du Puits où je glandouillais en clandestin, assez mal vu des bonnes femmes, des clebs et des tribus de gosses, car j'avais pour ne pas changer une assez sale gueule, mais paraissais trop jeune pour être une vraie cloche (*sic*). Comme je le dis peut-être ailleurs, on ne rencontre guère de visages poupins à la cour des miracles et un clochard digne de ce nom et de respect doit avoir quarante ans sonnés. Quant aux jeunots, n'ont qu'à aller en usine, c'est pas l'embauche qui manque, feignants ! (Voire !) En tout cas je laissais dire et dormais tant bien que mal dans une soupente au bord des terrains vagues, une espèce de cabane à lapins dont trois murs tenaient tête aux lois de la gravité et de la pesanteur, et dont le quatrième manquait, remplacé provisoirement par les restes de l'imperméable du

Zouave, mon voisin taciturne, sous le toit de feuilles de tôle tenu par le poids d'une demi-douzaine de pavetons que le vent faisait osciller dans un vacarme assez peu rassurant. Le Zouave était un ancien chiffonnier de l'île de la Jatte, qui avait eu des malheurs probablement conjugaux, et mis les voiles, vivant en solitaire et échouant là en même temps que moi. Mais lui me détestait aussi cordialement et ne se faisait pas faute de me le dire et faire sentir, tirant à lui toute la bâche qui nous protégeait, m'envoyant faire foutre si je n'étais pas content. Et je ne l'étais pas. J'abandonnai vite ce repaire. Mais entre-temps j'avais eu le temps d'apprécier les ressources de ce quartier.

Entre deux dimanches ce morceau de zone (qui ne se trouve pas au-delà, mais en deçà de Paris) a sa vie propre. La cité des chiffonniers. Petites maisons de ciment armé avec jardinets utilitaires et cases d'indigènes postfabriquées posées à même le sol, et bouffées de verdure maigre. Mais aussi nids de baraques sordides au bord de l'ancienne allée du Métro, tas de caisses entassées les unes sur les autres et tenant debout par un jeu savant de poutres et de poteaux, terrains à moitié vagues, pancartes indiquant des propriétés privées ouvertes à tout vent et à tout venant, chiens méchants roupillant du sommeil innocent dans des tonneaux dont il ne reste guère que les cercles de fer...

Le temps virant au beau, je décide de m'en aller camper à la porte Montmartre, et après quelques derniers verres pris au bistrot de la rue des Buttes avec les familles de brocanteurs sédentaires qui vivent là, en deux maisons cossues (je veux dire qui tiennent debout par leurs propres moyens) enrobées de végétation protectrice et flanquées de basse-cour, cages à poules et clapiers comme la propriété de Selkirk, je m'achemine en pleine cambrousse par la rue Toulouse-Lautrec (encore un qui ne se doute pas qu'une municipalité bienveillante et prolixe en reconnaissances posthumes a greffé son nom sur un chemin d'usine, au milieu d'un paysage de prairies incultes et de caillasse verte, mais peut-être eût-il aimé ce décor reposant) et gagne la tranchée du chemin de fer, maintenant abandonnée à son triste sort et envahie par les mauvaises herbes, voie de tortillard qui sort de la ville à travers les fondations des gratte-ciel et s'en va se perdre dans des cours d'usines géantes.

Il y a là bien des possibilités de couchage, tas de buissons, terriers de sable, protégés du vent, du froid, de la pluie, et je m'installe confortablement. De l'autre côté, un tas d'ombres noires signale un camp de clochards, sacs de pommes de terre tendus sur des ficelles et formant tente sans toit entre quoi dorment, chiquent, crachent, picolent, monologuent quatre ou cinq individus au sexe indéterminé. Leur présence est rassurante. Car dans ce lieu peut-être poétique, mais en tout cas sinistre, la vie est tout de même dangereuse. Des rôdeurs se baladent silencieusement entre les touffes d'ivraie. Personnages inquiétants qui surgissent brusquement au sommet du fossé et restent immobiles, hésitant à venir vous trouver (pour quoi faire ? On ne sait jamais d'avance : dévalisage malgré le peu de richesses évident que présente un roupilleur solitaire n'ayant pour tout bagage qu'une musette folle, jeux érotiques non pas d'homosexuels mais d'hommes privés et obsédés, ou simplement désir de parlotes et de solitude en commun). Les alentours sont pleins d'Arabes, d'Indochinois, de types à mine patibulaire, de bonshommes définitivement chômeurs, dont on devine partout la présence, mais qu'on ne découvre effectivement qu'au moment de marcher dessus, ce qui les dresse d'un coup, tous ces gars ne dormant que d'un œil (à moins qu'ivres morts) et craignant les rondes de flics qui de temps en temps s'abattent là comme une volée de rapaces, faisant la chaîne et repliant la débandade des suspects contre les murs d'usine, une véritable chasse aux garennes, à travers laquelle il vaut mieux trisser et cavaler coudes au corps, même la conscience tranquille. Et s'en aller gîter plus loin. Boulevard du Bois-le-Prêtre, le long du mur du cimetière des Batignolles, où d'autres hommes vivent dans des cahutes de chiffons et de toiles, protégés de la curiosité publique par un écran épais de végétation luxuriante, mais y ayant domicile officiel (la législation française reconnaît, paraît-il, pour tel n'importe quel endroit fixe où la police puisse mettre la main). En face à l'angle d'une rue qui porte comme seul indicatif : 17e arrondissement, se trouve le café d'Alger, bistrot rose où les soûlographies sont nombreuses et bruyantes, où tout ce beau monde, moi compris, se précipite dès cinquante balles en poche pour arroser l'événement et oublier les misères de cette vallée de larmes.

8.

La zone.
Elle s'efface comme une tache de graisse frottée vigoureusement. À la porte de Pantin, à travers les monticules des anciennes fortifications, bien invisibles aujourd'hui, d'où dégringolent des chemins crayeux, des ouvriers percent une tranchée de chemin de fer qui

servira d'autoroute. La ville tumultueuse progresse et ronge cette verdure sans chlorophylle, si vite qu'une roulotte sur pilotis paraît maintenant insolite. De l'autre côté du boulevard Mortier, les très hautes et très plates maisons modernes sont les murs d'enceinte d'une nouvelle prison. L'autobus qui traverse les terrains vagues est aérodynamique et ses portes à coulisses font fuir les moineaux. On change les becs de gaz à coude de la rue Paul-Meurice. Des employés de la voirie creusent des tranchées et apportent des tuyaux noirs et béants comme des canons. Dans la rue des Prévoyants, un agent d'assurances examine minutieusement la façade des maisons.

Mais le long de l'avenue du Belvédère qui sinue, des casseroles rouges sont crochées comme des fruits aux branches des buissons. Entre la porte des Lilas et celle de Bagnolet s'étend encore cette agglomération anachronique, communauté de chiffonniers, de ferrailleurs, de rempailleurs, de mendigots, d'éleveurs de poules et de souris blanches, quadrilatère de jardins incultes et de cabanes, isolés par des haies de lits-cages (dont la profusion est étonnante), de villas dans la construction desquelles entrent plus souvent le bois que le ciment, les planches et les tôles que la brique, de cabanes dont on ne devine pas tout de suite l'usage, habitacles, hangars à outils, casiers à lapins ou chiottes. Au milieu des choux et des soleils, des baignoires font office de châteaux d'eau comme en grande banlieue, mais on est dans le vingtième arrondissement. Deux ou trois roulottes sont montées sur des solives qui commencent à disparaître dans le sol, là depuis l'avant-guerre ou l'exode. Un vieux camion peint en rose et brun comme pain d'épice de foire, le nez busqué, a des rideaux blancs aux lucarnes et une fumée grasse et jaune sort du toit percé d'une cheminée à abat-vent. C'est lundi. Il n'y a pas un gosse dans la rue des Fougères, ni dans celle des Glaïeuls, seuls des yuccas sous les banderoles de linge humide. Un vieux lave de la salade à l'eau de la fontaine emmaillotée de paille. Une vieille casse les lattes d'une barrière avec une hachette et fendille son bois sur le bord du caniveau. Les chemins sont pleins de glaise et de pissenlits, les carrés de terre de choux de Bruxelles stériles.

Je vais chez Francis acheter trois gauloises à 4 fr. 50 pièce. Cette buvette tassée comme les masures voisines au creux d'un fossé, tapie sous les planches et les tuiles du toit (un luxe évident), grande comme une piaule où le comptoir tient la plus grande place avec le poêle qui chauffe à blanc, une pipe Godin passée à l'argent. Le plafond bas est tout bouchonné de papier. Entre les lattes du plancher, on sent et voit la terre battue. Dans un renfoncement, il y a trois petites tables et une banquette où il fait bon le dimanche soir manger le pot-au-feu de Mme Jeanne qui en sert d'imposantes assiettées pour un prix en rapport avec la clientèle habituelle, chiffonniers, gitans et gitanes, bonshommes et bonnes femmes locataires propriétaires des bouts de terrain environnants. C'est le seul bistrot du « pays » comme ils disent. J'y suis chez moi. En famille là encore. J'écoute le patron. Le père Francis est un ancien boulanger, qui a perdu un bras et l'usage d'une jambe mais pas son sourire ni son bon accueil, et vieux trimardeur, vers 1910, à une époque honorable et fructueuse pour les compagnons de la route. On est copains comme cochons. J'écoute ses histoires, les jambes tendues autour du poêle, la ceinture défaite après un repas substantiel, un verre de la gnôle patriarcale au creux de la main, tout oreille à la description qu'il a plaisir à faire des originaux de tout crin qui peuplent ce morceau de zone, et à ses souvenirs sur l'époque héroïque, encore toute proche, deux, trois ans, où le café était « mal fréquenté », où les coups de feu ou de rallonge s'échangeaient aussi vite que les injures, où Dédé-la-Boulange le faux-monnayeur mémorable venait se planquer dans la resserre à beaujolais, où les flics faisaient des descentes régulières. Mais ce temps-là s'estompe. Le coin est devenu peinard, d'une tranquillité de guinguette en semaine, et vois-tu, me dit-il, les clients d'aujourd'hui sont des gens bien. Et comment ! J'approuve d'un clin d'œil. Quelle collection : Rose et Mme Noémie, deux belles gitanes, grasses et rieuses, qui plaisantent les hommes et boivent sec. Et Martin, surtout, peut-être le seul type qui à Paris puisse se vanter d'exercer la profession de porteur d'eau, allant chaque matin chercher à la fontaine la flotte à tout faire de dix ou quinze habitants, muni de brocs en faïence bleue et d'arrosoirs en tôle bosselée, faisant les corvées, les courses, au tabac, chez le boulanger, à l'épicerie, là-bas en ville, de l'autre côté de la caserne, se faisant payer la plupart du temps en nature, cigarettes, verres de vin ou de café, bols de soupe qu'il réclame d'un ton péremptoire, n'ayant pas la langue dans sa poche et lorgnant instinctivement le comptoir, n'acceptant d'aller quérir les ingrédients que si son godet est plein à ras bord, d'avance et posé bien en évidence ; menant une vie de château, couchant dans une cahute plus ou moins abritée dont il est le légal propriétaire, se couchant tôt et se levant tard, n'arrivant chez Francis que vers dix heures, au désespoir de Mme Jeanne qui n'a rien pour tremper la soupe, et saluant la compagnie, se collant les mitaines aux flancs du poêle, s'approchant du patron qui petit-déjeune en rentier d'un saladier de café au lait et de tranches de pain beurré, et lui déclarant l'œil égrillard et la voix théâtrale : Ah ! Comme votre café me fait plaisir ! Cri d'envie qui ne l'empêche pas de savourer son premier jus avec une béatitude évidente. Mme Jeanne me raconte que l'ayant emmené la veille faire le marché de la semaine et porter ses fourre-tout, et le voyant piétiner de froid elle l'avait consolé en lui promettant au retour un bon kawa brûlant, il avait demandé du ton le plus innocent : dans un bol ? Sacré Martin, que les libations menaient à une éloquence remarquable, à la reconstitution décousue de diverses tranches de sa vie. Il avait été dix ans dans les Ordres, avait eu un jour, à vingt-six ans, une « aventure » avec une femme, n'avait jamais voulu recommencer, et mis bas la soutane, lui seul ayant su autrefois pour quelle bonne raison, et peut-être ladite femme. Sacré Martin que les gitanes taquinaient, lui proposant de tout lui donner en plus d'elles-mêmes, et de travailler à sa prospérité s'il se décidait à les épouser, mais il prenait la mouche et s'en allait en ronchonnant, laissant la porte ouverte, étant d'une susceptibilité tenace, mais n'oubliant jamais pour cela de profiter du dos tourné d'un client pour siffler un godet dangereusement laissé sur le comptoir et vider les lieux, grimpant en vitesse les monticules d'accès pendant qu'un gros rire secouait la salle.

Les libations le menaient à l'éloquence, mais aussi à l'émotivité sentimentale. Et il entonnait des vieilles chansons tristes à refrain et leitmotiv romantiques, que tout le monde prenait au sérieux. Il y avait de quoi. C'est là que j'ai entendu les plus belles poésies argotiques et romances populaires, non pas les plus connues, mais d'invraisemblables de candeur et de réalisme, que Martin comme les autres savaient par cœur et n'en finissaient plus, chacune étant une histoire vraie à multiples épisodes. Il faisait nuit. Le père Francis offrait la tournée. On raclait les fonds de poche pour se payer les dernières pipes de la soirée. La bonne humeur régnait. Tout ce monde-là étant cul et chemise avec le voisin. Depuis Paulo le gitan acrobate à Zizi la Rapière qui un soir hurlait à travers les potagers qu'elle voulait sa copine Mado pour lui trancher la gorge, et fouillait, dangereusement éméchée, tous les recoins où l'autre pouvait se terrer, craignant les représailles d'une coucherie illégitime et s'enfuyant entre les palissades, jusqu'à ce qu'elle vienne se réfugier, morte de fatigue et de peur, chez Francis, pour tomber nez à nez avec la vindicative Zizi. Mais le patron eut la présence d'esprit d'offrir le verre de l'amitié qui mit les antagonistes d'accord au sein d'une réconciliation pâteuse.

Bistrot sensationnel, où l'excellent vin bouché coûte moins cher qu'ailleurs le gros rouge qui tache. J'y aurais pris pension s'il y avait eu une chambre à louer ou même un coin de hangar. Je n'en décollais qu'à la fermeture, vers dix-onze heures, les clients étant fort plus matinaux que moi. Il ne restait plus que le père Francis grillant une cigarette qui le faisait indéfiniment toussoter et entretenait la grippette qu'il traînait depuis l'autre guerre, sa femme qui faisait sa couture, la vieille mendiante qui suçait son énième rouge, emmitouflée dans ses fringues, mieux là au chaud que chez elle le long de son mari froid et cagneux, et confectionnait des rouleaux pesants avec la monnaie qui s'étalait sur la toile cirée en tas impressionnants, recette de la journée qu'elle avait ramassée dans les couloirs du métro, faisant mine d'y vendre du fil et des aiguilles pour rester en deçà de la légalité, mais rapportant bon an mal an ses deux ou trois mille francs par jour, de quoi faire pour le moins lever le sourcil des âmes pseudo-charitables non prévenues, et qui possède pignon sur rue et voiture, non une teuf-teuf de marchand de peaux de lapins, mais une solide Peugeot familiale. Elle entretient son homme, et chaque samedi s'en va passer la nuit aux Halles où ils gueuletonnent et boivent leurs sept ou huit bouteilles de vin d'Alsace chacun, ce qui au petit matin les rend joyeux et confiants dans l'avenir.

Bon. Tout ça est fort plaisant, mais il est onze heures. La nuit d'hiver obstrue les directions à prendre vers un lieu de repos, à peu près abrité. Et pourtant il faut se grouiller. Le froid durcit le sol et décolle les chaussettes. Malgré, ou plutôt à cause de la chaude intimité que je quitte, la solitude me laisse le cerveau vide. Où aller ? Derrière moi, le père Francis en me souhaitant bonne nuit, c'est gentil de sa part, ferme sa porte et coupe la lumière. Il va monter se mettre au pieu, dans une pièce sans feu mais à l'abri du vent, et dans des draps qui, pour être glacés, n'en emmagasineront pas moins sa chaleur animale. Bien sûr, j'aurais pu discrètement lui faire comprendre que trois chaises de son bistrot au long du poêle encore chaud pour quelques heures auraient été d'un précieux concours à la continuation de mon voyage citadin. Mais on a sa (drôle de) dignité, et il me prend pour un « type bien » malgré mes joues de porc-épic et ma broussaille pileuse, et ne m'a jamais posé de questions sur l'emploi de mon temps, à peine quelques discrètes sur mon état d'esprit en face des problèmes quotidiens. Si fait que je me retrouve gros Jean comme devant, seul au milieu d'un silence de mauvais augure. J'ai heureusement de quoi fumer, allumettes comprises, dans ma poche, et je roule une cigarette. Mes yeux s'habituent à l'obscurité et je me mets en route le long de la rue des Fougères. Il fait décidément trop froid pour se coucher sous une haie, et j'atteins la porte des Lilas, sans avoir trouvé de solution. J'hésite encore. Ou redescendre de l'autre côté de Ménilmontant vers les Buttes où les caches ne manquent pas, ou continuer à suivre la zone jusqu'à la porte de Pantin pour rejoindre les huttes de buissons où dorment les clochards. Mais le froid me prend aux épaules et me pousse de force vers la rue Saint-Fargeau. Ça y est, je suis en route, je reprends mon pas alerte, glane quelques mégots, provision de nuit, et rigolboche tout seul en rejoignant la rue des Cascades. Encore un quartier magnifique, où les rues ont gardé des noms de village haut perché et plein de ruisseaux, rues des Rigoles, de la Mare, rues sinuant et tournant en tous sens à l'encontre des avenues larges et longues à n'en plus finir des quartiers du bas, qui sont la terreur des vagabonds. Ici les bornes se rapprochent et presque trop vite à mon gré j'atteins la rue Fessart. Pas question d'aller escalader les grilles des Buttes Chaumont, le froid m'en chasserait plus vite qu'un flic, ni dans le terrain vague des studios Pathé. Mais derrière les garages, je connais des planques inédites. Je grimpe. Fais un mur ou deux, et suis chez moi, dans une cour, au fond il y a des hangars jamais fermés, des magasins de chiffonniers, où je peux m'installer comme un coq en pâte couché sur des monceaux de papier et de sacs. Malaxe et crache ma dernière chique de la journée et bonsoir. Le tout est de se réveiller avant le jour et l'arrivée des ferrailleurs qui n'aiment pas les intrus.

9

Parvenu au bout du boulevard Poniatowski je domine le large fossé que creuse la Seine et que franchit le pont National. Des berges d'Ivry, tous les matins et pendant plusieurs heures, les Sitas remontent à vide et tournent sur le boulevard, gros insectes verts, obstinés, à la marche lente et grinçante, se suivant à la queue leu leu. Sur certains d'entre eux, il est avisé : Défense de monter, Danger, comme s'il pouvait prendre l'envie de s'accrocher à une pareille mécanique, mâchoire dentelée qui s'ouvre et se ferme avec un bruit de porte de cimetière et avalerait le client tout cru au milieu de déjections peu affriolantes.

De l'autre côté, formant colline, s'étend un étroit pan de zone, d'où la vue parcourt tout l'horizon, mais où ne s'élève aucune cahute habitable. Ce ne sont pourtant pas les clochards qui manquent, domiciliés pour un temps dans les asiles du coin, rue du Château-des-Rentiers ou rue Cantagrel, et dehors dès le petit jour, jusqu'à quatre heures où ils se mettent en quête des dix-sept francs nécessaires à l'achat du gros pain à tremper dans la soupe populaire. Mais ayant le gîte plus ou moins assuré les vagabonds du coin se contentent de roupiller dans l'herbe, au creux des fossés ou des fourrés maigres dont les branches minces les captent et les protègent quelque peu, faisant voûte négrichonne au-dessus de leurs carcasses en chien de fusil, et devant quoi ils peuvent allumer un feu à tout faire entre trois pavés.

Tout en haut, sur la crête, alignés côte à côte en plein vent, trois types sont en train de poser culotte avec un parfait ensemble. Au moment de se relever, leurs silhouettes se détachent sur le ciel, pantalons sur les mollets, symbole réconfortant de la tranquillité d'âme, de la sérénité des devoirs accomplis, et mépris total des conséquences. Je les retrouve d'ailleurs cinq minutes plus tard dans les plus proches bistrots d'Ivry, tâtant de la gobette et se payant des pipes au détail, l'œil plissé, les bajoues couperosées, la barbe grasse, l'haleine puissante, ce sont là le père Tripette, le Veuf et La Bourcaille, trois bonshommes des confins de Charenton, venus faire un tour dans la capitale, changer d'air, faire du bouzin, et comme dit le patron emmerder le monde. On cause métier. Soucis quotidiens. Présence de la flicaille. Disparition du papier et des métaux dans les gamelles de trois heures du matin (entendez les récipients que l'*Almanach Vermot* a baptisés boîtes de nuit et qui recèlent vos résidus culinaires et ménagers). Et comme d'habitude moyens de parvenir.

– Si tu veux de la misère, me dit la Bouscaille, bouge pas, tu vas bientôt être heureux. On y cavale, au chagrin.

10.

En haut de l'avenue Eugène-Thomas, trois fois par semaine, les cloches de la zone sud et du cimetière de Gentilly, les vieux des fossés de Bicêtre, les brocanteurs et les chiffonniers dècheurs de la Maube, des Gobelins, du Château-des-Rentiers, radinent leur marchandise infourguable, au moins à première vue, pires qu'aux Puces de Saint-Ouen ou à la ferraille de la Bastille, pareils aux faux gitans, aux romanichels de Montreuil, aux biffins de Saint-Médard, misère étale au bord des trottoirs, que la voirie bienveillante est en train de remettre en état (c'est-à-dire enlève les vieux pavés à diligence et les remplace par du coulis de ciment), les godasses dépareillées, les vestes et pantalons torchons, fringues à cent balles, les tombées de cuir, les vieux papiers maculés encore lisibles (collection d'*Illustration* de la guerre 1914-1918 et portraits auréolés des huiles d'époque), les ballots de cartes postales, la menue ferraille, les sacs de clous tordus rouillés, les bibelots à concierge disloqués et amputés... Dépareillés, maculés, rouillés, tordus, disloqués, amputés comme ces pauvres mecs dont la gueule se plâtre de plus-d'espoir. Et entre les tas de trésors à prendre, les commerçants et petits bourgeois de l'avenue et les ménagères des logements tout neufs passent et jettent un coup d'œil vague à leurs pieds et font des commentaires.

En bas de la rue, ça marche. Des camelots officiels liquident des stocks de grosses maisons, des surplus de faillite et d'occupation, des réquisitions des domaines, baratinent à s'en faire péter les cordes et sauter la luette, et ramassent du pognon par billets de mille qu'ils enfournent, entassent à coups de pouce dans les profondeurs des canadiennes.

Mais en haut, face au Canon de Bicêtre et le long des fortifs, c'est pas beau. Envie de s'asseoir et d'en finir, à condition que ça puisse finir un jour.

Une brocanteuse en rade ayant piqué la place d'un ancien, et rangeaillé ses mignardises en stuc et toc sur un coin d'herbe, il s'ensuit une bagarre lamentable. L'autre balance tout. Volent au vent, tas de détritus, morceaux de porcelaine qui trouvent encore moyen de casser. Et ça gueule. Argot hétérogène, yiddish, polak, bas allemand, berbère, kabyle, gitan et même slang, comme celui de ce grand vieil Américain là-bas, couvert d'une peau de bique à trois étages comme un berger des Pyrénées et que personne ne comprend, si ce n'est peut-être l'Isaac du coin qui cligne de l'œil…

En parlant tout seul, je m'achemine par la Poterne des Peupliers vers l'avenue Romain-Rolland où je suis sûr de trouver hautes herbes et gazon chaud pour faire la sieste, au milieu de l'habituelle colonie de personnages fantasques, familles entières et couples discrets éparpillés sur une bonne longueur de route rappelant celles de l'exode, roupillant gueule ouverte, bouffant le saucisson, sifflant des litres, se grattant les parasites, et berçant des mioches dans des voitures qui pour une fois gardent leur emploi originel. D'où viennent-ils, ceux-là encore ? Où vont-ils ? Que font-ils ? Mystère. Ils gardent leurs distances. Ne me posant jamais de questions, je n'ai plus qu'à en faire autant, à la boucler, me contentant de les regarder du coin de l'œil et de faire mon trou, d'allumer mon feu et de me faire cuire une tasse de thé clair, sans sucre, qui attire l'attention du voisin qui s'en vient voir, mais s'apercevant qu'il ne s'agit que de nourriture exclusivement liquide ne fait que grommeler sur la pluie à venir, drôle de zèbre, haut sur pattes, grande sauterelle, la peau du visage et des mains pelant et se détachant en petites vaguelettes comme celle de champignons, l'air distingué malgré tout, une ficelle noire en guise de cravate sur un col de chemise boutonné (ce qui est en général le plus insolite chez un personnage de cette région) et suçotant des mégots usés au bout d'un fume-cigarette. Je lui fais signe de se poser. Mais il me regarde avec reproche (?), s'en retourne sur ses brins d'herbe. Encore un.

Quantité inquiétante de follingues se baladant au clair de lune. Non pas fous méchants ou hurlants, la lippe baveuse et l'œil meurtrier, mais êtres humains maigres à faire peur, marchant en silence, voletant pour ainsi dire à un ou deux centimètres au-dessus du macadam, les mains en poches, le col relevé en pleine canicule, la mèche fuyante, le regard fermé, traversant les rues, les maisons, les gens, la ville avec la facilité d'un ectoplasme, ne s'arrêtant que pour contempler un chat, ou les gosses dans les squares, ne réclamant jamais de nourriture aux portes des asiles ni aux collègues en situation sur les bancs, et ne pénétrant jamais dans un bistrot.

Quelques-uns ont un instrument de musique sous le bras.

11.

Faisant suite, non pas à la zone qui saute par-dessus, mais à la vadrouille que j'ai entreprise depuis quelques pages, se trouve la Cité Universitaire. Propriété privée d'un luxe inouï si l'on considère, de chaque côté, l'inculte des terrains vagues et dans laquelle, par inadvertance, n'entre jamais un clochard. Et Dieu sait pourtant s'il y trouverait le paradis, porte grande ouverte, herbe molle, gazon doux, buissons et taillis protecteurs, clair de lune à travers les jolies maisons, ignorance totale des flics et des rondes. Mais une tenue correcte y est de rigueur. (Cet avis ne précise pas s'il s'agit d'interdire les fringues gluantes de crasse et moutonneuses, ou les maillots de bain deux-pièces.) J'y ai passé de belles nuits estivales. M'étant lavé, rasé et vêtu de frais, ayant abandonné mon havresac dans un bistrot voisin, j'y pénétrai en espadrilles, la joie au cœur, fis une promenade hygiénique d'après-boire sur le gravier des allées, allai d'un pavillon à l'autre en quête de quelque chose, matière à converser, à dîner, à liquorer, à humouriser. Lorgnai les filles de toutes les nations, pouliches françaises à la fesse large, mignonnes Américaines à corps étroit et jupes très longues, Scandinaves trop chevalines, Allemandes déconnantes et Sud-Latines à l'œil noir qui voit tout, comprend tout, dit tout. Puis allai m'allonger dans une clairière pas trop loin d'un groupe d'icelles, jouant au tombeur de quartier et au Français vicieux, faisant du gringue à la plus proche et satisfaisant quelquefois mes désirs de contemplation tactile et olfactive. Belles poulettes jeunes et fraîches qui avez pris du plaisir avec le vagabond municipal, merci à vous ! Et adieu, je m'en vais rejoindre ma tribu – sur les bords de la Seine.

12.

Les bords de Seine, la nuit, prennent facilement un aspect fantastique. Cela tout le monde le sait. Le plus con provincial a contemplé son coucher de soleil rouge et or au-dessus du Grand Palais, ce bouche-horizon affalé et rouillé comme un grand foutoir présidentiel. Et la plus verte-pas-mûre des touristes anglaises s'est extasiée au petit matin (sept, huit heures, pour une fois qu'on est à Paris il faut tout voir) sur son lever du même soleil derrière la pendulette de la gare de Lyon. Mais la seule façon de rendre hommage, comme de l'apprécier, à ce paysage ahurissant est d'y traîner ses grolles d'un bout à l'autre et dans les deux sens. De la rue de la Zone au Point-du-jour. Et retour par l'autre rive. En suivant le bord extrême de la berge, mais devant remonter bêtement pour enjamber certains ponts où il ferait bon vivre si le paysage n'y était pas sous-marin (et pourquoi cette curieuse malformation de l'architecture fluviale ?).

Mains au creux des fentes pantalonnières, le mégot basculant, l'œil plissé sous la fumée, un pied chassant l'autre, on se tape un gueuleton visuel, gratuit, pour soi seul. Longe des péniches mortes, croise des sablières et des grues enterrées dans le sable humide, file entre les arbres, se glisse sous des colonnades de ciment où gargouillent des filets d'eau le long de murs suintant des traînées de pisse, s'arrête de temps en temps pour tenter de reconnaître la gueule d'un ami sous le déploiement vestimentaire endormi face contre terre, se pose un instant sur une bitte pour rouler du tabac, aspire à pleins poumons l'air soi-disant marin mais plein de remugles incataloguables, odeurs diverses échappées lentement des portes grillagées qui portent des numéros comme celles des maisons sises au-dessus, jette un coup d'œil à l'intérieur par simple curiosité, et touche du doigt pour voir si par hasard elle n'est pas ouverte et momentanément habitée par un joyeux, dépasse des couples à demi allongés sur les bancs et se livrant à des attouchements intimes, tâche d'apercevoir en vitesse l'air de rien un morceau de cuisse, sifflote, regarde, contemple. Tout autour la ville dort ou fait semblant. Les objets se mettent à vivre leur vie propre. Le décor utilitaire des deux rives se hausse et prend une gigantesque importance. Cheminées d'usines, verrières, ponts suspendus, gazomètres, défilés de lumières clignotantes, maisons plates et maisons hautes, bâtiments administratifs et d'entreprises échelonnés et posés sur le quai comme des propriétés, entrepôts de la douane, petites guérites à escalier des gardiens. Et tous les cent mètres visions de carte postale des ponts trop connus et plongés dans l'oubli de l'accoutumance.

Le froid taillade et découpe les toits en silhouettes. Et fait fumer les plaques égoutières sur lesquelles dorment des tas humains.

Seules vivotent les fenêtres des baraques de secours aux noyés. Petites maisons très tristes au drapeau en loque sale, beaucoup plus semblables à la Morgue défunte qu'évoquant un retour à la vie joyeuse. Je grimpe sur la passerelle de fer et cogne à la porte. Vais tâcher de boire un jus chaud et faire une belote rapide avec le père Pierre ou Paul (là aussi la discrétion est paraît-il de rigueur). L'intérieur de son chenil fait penser instinctivement à l'ambiance des enquêtes policières à la Simenon. Table chauffante au centre, sur laquelle il posera le gonflé de la nuit, et sur laquelle il peut préparer et absorber sa gamelle. Vingt-quatre heures de service, c'est long. Et les petits copains sont les bienvenus. Histoire de faire la causette. Au mur la rassurante glace à manche qui recueille le dernier soupir. Éclairage à gaz, insolite capote anglaise molle qui pendouille près de la ficelle. Lueur blafarde et verdoyante. Et en confidences, les dernières nouvelles de la mortalité fluviale. Détails croustillants du genre : en hiver les noyés restent dans l'eau une semaine ou deux, tandis qu'en été ils radinent à la surface la nuit suivante. Et personne ne rigole. Car bien que leur profession soit assez proche de celle des croque-morts, gens les plus gais du monde, dit-on, les gardiens du suicide ont plutôt la mine patibulaire et l'humeur morose. Il y a de quoi. Pour seule distraction les mots croisés et le dictionnaire *Petit Larousse illustré édifiant*.

Rien n'est plus épouvantable que le repêchage en Seine de cadavres qui s'en vont à vau-l'eau couler des jours meilleurs dans un autre univers, gosses maltraités et incompris, filles engrossées et abandonnées, chômeurs inadaptables, follingues obsédés, tous ces types de roman-feuilleton qui ont la vogue des lectures populaires et dont le spectacle cramponne les badauds comme des insectes scatophiles sur des merdes neuves. Les pompiers ceinturés et casqués comme au-devant d'un cataclysme citadin battent doucement la flotte, tâtent le fond avec des perches, trempent et promènent des grappins, ancres à quatre pointes, horribles instruments de torture qui vous hérissent l'épiderme à leur seule vue, vous font souhaiter que les crochets ne se plantent pas dans la chair tuméfiée et ne la crèvent comme une baudruche. Les riverains depuis des heures guettent le moment où la masse blanche et molle montera vers la lumière, sera attachée par des cordes le long du bateau et traînée comme ça, flottant la tête haute, le ventre bombé faisant péter les derniers lambeaux du linge de corps, monstre marin asexué et terrifiant dont l'odeur pressentie est dégueulante... Mais il n'y a que cinq baraques de secours le long de la Seine, pour sept sur le canal. Et c'est bien compréhensible. Le nombre des suicides entre la Râpée et les Moulins de Pantin est bien plus élevé que dans la partie touristique du fleuve. Le décor est là pousse-au-crime.

Le Grand Canal est le plus horrible décor de la ville.

Le paysage est merveilleux en pleine campagne entre deux rangées de peupliers, entre deux écluses fleuries comme des passages à niveau, et donne des désirs de balade en péniche entre la lessive qui claque humide, le gars qui frotte son pont, les gosses qui courent sur le rebord dangereux, la belle fille qui secoue sa salade, le patron assis sur sa caisse qui tient la roue et tire sur sa pipe. Mais, dans les faubourgs des grandes agglomérations, le canal aimante tout le brouillard, la poussière, la pluie, le vent, l'air crasseux, les odeurs de mâchefer, de poussier, d'essence, de gasoil, il draine les animaux crevés, les ordures, les vieilles barcasses, le bois mort, il dépose sur ses flancs la caillasse, le charbon, les briques, les gravats, les sacs de plâtre, les poutrelles, il s'enveloppe d'une cage de ferraille, d'ateliers, de cahutes, de vieux camions à ridelles, de wagons déroutés, de palissades, de chantiers interdits au public, d'hôtels borgnes, d'immeubles peints en noir de fumée. Le grand dépotoir. Et là plus qu'ailleurs la misère est hurlante et les nuits sont interminables et glacées. Les promeneurs solitaires nocturnes ou crépusculaires ont tous le bourdon, l'alcool triste, une vie de chien, un cancer de la face. Les couples ne s'y bécotent pas mais s'y branlent sauvagement avec des yeux hagards comme voulant jouir une ultime fois, ne parlent pas d'avenir et de ta belle poitrine, j'aime bien tes nichons lourds, j'ai envie que tu me caresses doucement et après que tu m'emmènes danser, mais se jettent au visage les éternelles histoires d'usine qui débauche, de règles pas encore venues, ce coup-là, ça y est, j'y suis, alors ma fille t'iras voir ton régulier, je veux pas de criard à qui on ne sait pas qui, tu te démerdes moi j'vais boire un verre. Et elle la tasse. Lui dans les bistrots tristes du quai de la Loire. Elle au coin du tunnel sous lequel le canal s'enfile vers le faubourg du Temple et qui se nomme justement le Bief des Trépassés (mais ce n'est peut-être qu'en souvenir du gibet de Montfaucon sis jadis auprès)… Indifférent, l'œil lumineux de la pendule de la passerelle vertigineuse contemple la scène.

Pourtant en été, les abords du canal Saint-Denis sont pleins de poésie tranquille. Une fois passé la cabine du secours aux noyés du quai de l'Oise (et celle-ci est fleurie de verdure, agrémentée d'un banc rustique, et le patron en manches de chemise coq de roche fume sa pipe le soir en regardant l'eau qui affleure le trottoir), le paysage se modifie.

Tout de suite après le pont de Flandre, sur la gauche, s'ouvre un bras mort, dont je n'ai jamais su le nom ni l'utilité, plan d'eau immobile entre deux immenses bâtiments apparemment vides et abandonnés et dont le rez-de-chaussée est une colonnade semblable à celle de la rue de Rivoli. Vu du haut du quai de la Gironde qui passe au-dessus, on a la curieuse impression d'un fragment de Venise morte et stoppée dans le temps. Sous la voûte architecturée tombe en ruine une vieille locomotive d'avant quatorze, rouillée et ridicule.

Juste avant les écluses, des maisons apparaissent au ras de l'eau où se reflètent directement un vélo, une voiture d'enfant, les fenêtres, le linge. Ventrues et hautes comme des autobus, ou tassées sur la flotte au point qu'on a peur d'y sauter et de les voir s'enfoncer dedans, les péniches font la queue. Pendant la canicule les gosses et les filles aux seins minuscules plongent et s'ébattent. Le petit vieux qui fait marcher la passerelle (le dernier pont-levis de Paris) du bassin d'Aubervilliers (encore une enceinte portuaire interdite au public, fermée là par un plan d'eau et de l'autre côté par une grille le long de la rue de la Haie-Coq) tombe la veste et glaviotte dans son ancien élément. Des Arabes, dont l'un ressemble à Salvador Dalí, prennent le frais au pied du mur, les pieds sales au soleil.

Mais après les écluses, c'est la zone, qui s'est infiltrée là, tout en longueur, une série de jardins étroits comme ceux des gardes-barrières. De loin en loin, une cabane de planches abrite une famille nombreuse de chiffonniers qui déjeunent dehors, sur le pas de la porte, comme d'honnêtes rentiers de banlieue. Les hommes y ont déjà les allures de biffins et chineurs des îles de la Jatte et Saint-Denis, et les femmes des attributs de pétroleuses. Un type que je n'ai jamais pu rencontrer s'est fabriqué une niche dans un coin avec des ficelles et des chiffons, où il ne doit pouvoir tenir que recroquevillé.

L'une de ces cahutes porte sur le flanc, en grosses lettres blanches, DÉSODEUR, ce qui ne peut être que le nom des propriétaires, l'astuce et les jeux de mots n'étant pas le fort de ces gars-là.

La curiosité du coin est que les péniches y sont encore halées par un petit tracteur vert qui marche au pas et leur fait passer le pont de Stains. À l'angle de la rue de la Gare (qui redescend sur la porte de la Chapelle) il y a une grande inscription : Café-Bar, avec une flèche, mais malgré de patientes investigations dans un amas de murs, de cours, de chiottes, de pots de fleurs et de clapiers, je n'en ai pu découvrir la salle commune. Je me demande où les gars du coin vont picoler.

Entre les deux ponts, et principalement sur la rive gauche, le sens olfactif est surexcité et l'on y sent successivement (lisez lentement) le fromage violent, la soudure autogène, le bigorneau frais et la rouille neuve.

13.

Une entreprise de nettoyage (j'entends quelque chose d'assez différent des trois doigts humides frottés sur l'œil), si elle n'est pas vitale ni urgente comme une absorption ou une élimination digestives, n'en est pas moins une affaire si l'on considère l'intéressé démuni de la moindre monnaie lui permettant de prendre une douche dans ces établissements apparemment d'utilité publique ou de payer une somme astronomique pour le lavage-essorage de quelques pièces du trousseau personnel. Et la seule nappe d'eau libre accessible sans grand effort est bien celle du fleuve qui attire les hommes sales, comme des mouches, tous ceux que la crasse commence à démanger et qui éprouvent un curieux mais voluptueux besoin de se racler l'épiderme, malgré la fraîcheur de l'air, la froideur de la flotte, et le contact de l'eau mouillée qui hérissent le poil. En hiver la tâche est rude. Bien sûr une honorable quantité de citoyens diront éprouver un indicible plaisir à se mettre la tête sous un robinet glacé et à se faire claquer de larges pattes-mouilles sur le torse comme troufions au bataillon. Mais ils oublient qu'avant ce contact réveille-matin ils connaissent celui d'un lit tiède, d'une pièce chaude et que leur toilette terminée ils se peuvent rétablir la température interne par un petit-déjeuner substantiel et calorique. Et je voudrais bien voir leur tête, comme leur attitude, au petit lever sur les bords de Seine ou de Marne hors de la porte de Charenton, après une nuit passée dans les fossés et trous d'herbe de la rive, s'acheminant en compagnie de leur serviteur, l'estomac nauséeux, l'œil vague, le mollet raide, le visage légèrement désaxé par un malencontreux torticolis, un goût prononcé de vinasse aux environs du palais, la paume moite, et longeant le fleuve vers le centre de la ville avec la vague idée de se tremper les pieds dans autre chose que la poussière pétrifiée puis de s'abreuver intérieurement et extérieurement de grande eau claire, de se débarrasser la peau

de la gangue laineuse et grattante qui tient lieu d'accoutrement hivernal, mais ne réussissant qu'à effleurer du
regard la surface miroitante où s'effilochent des gazes
de brume blanche assez peu attirantes et filant huit
nœuds entre les tas de pierre lisse qui ont l'air de se
fendiller sous l'effet du gel (ce qui n'est d'ailleurs que
l'aspect craquelé des pavés, mais à six-sept heures d'un
matin de janvier la vision est quelque peu lyrique) et ne
se décidant qu'à descendre s'asseoir au bas d'un escalier raide comme une échelle, à évaluer les chances de
rhume après celles de proche sciatique formulées la
veille, à tremper un doigt qui se rétracte automatique-
ment, puis à prendre son courage à deux mains, à précipiter celles-ci, manches relevées jusqu'au coude, dans
le liquide coupant et à s'en asperger le bout du blair,
l'entre-sourcils, l'oreille de verre et le front intelligent.
Mais cela n'est pas suffisant à la santé du corps et je
voudrais voir leur tête, engoncée comme celle des tor-
tues dans le creux chaud des épaules, s'avançant et
trébuchant à la recherche d'un plan incliné menant à
l'eau sans le secours de jongleries équilibristes, fort
peu recommandées à cette heure matinale, devant
remonter jusqu'aux rives civilisées, quais de la Rapée
ou Henri IV, pour trouver une pente douce, un des
abreuvoirs judicieux construits là pour les chiens, les
vaches, et la mise à l'eau des bateaux sur roues, une des
plages de Paris peuplées de baigneurs et d'anophèles
en été, mais particulièrement désertes à cette époque de
l'année, réparties sur les dix kilomètres de quais citadins à des intervalles réguliers, coins tranquilles illu-
soires où les touristes peuvent contempler béatement
hommes et bêtes s'épouillant et s'ébrouant. Et l'ayant
trouvée, je voudrais voir leurs gestes lents et mous pour
tirer les chandails et faire valser les grolles en serrant

les dents, voudrais contempler d'un air indifférent leur pantomime, leur aplatissement horizontal à quelques pouces de l'eau, s'y dévisageant et se décidant à sortir le rasoir rouillé et la lame éternelle, frottée quotidiennement à l'intérieur d'un cul de bouteille pour l'affûter et la rendre moins tailladeuse, s'efforçant d'y voir clair dans cette eau trouble où ne se reflètent que des nuages inaccessibles, et le froid guindant les mouvements digitaux, entreprenant de s'éplucher les rides. Paradis perdu des salles de bain. Au bout de dix minutes et ne s'étant écorché que la moitié de la face, l'homme abandonne, se redresse les reins cassés, se passe un coup de torchon, renfile en toute hâte ses fringues supérieures mouillées d'embruns et cavale dare-dare le long du quai pour remettre en circulation un sang paresseux, quitte à recommencer une demi-heure plus loin, au prochain embarcadère, celui du pont des Arts par exemple, le plus agréable quant au paysage et à l'accessibilité, deux chemins de pierre menant sous l'eau, j'ignore jusqu'où, et un parapet promontoire permettant la répartition utile des affaires de toilette et de cuisson. Car autant prendre son petit-déjeuner là, au sortir du nettoyage, et après avoir rasé l'autre joue et s'être baigné vivement les orteils, le vagabond campeur peut se faire chauffer une tasse de flotte dans laquelle une pincée de thé sera la bienvenue, récipient à tout faire posé en équilibre sur un réchaud de bricoleur, boîte de conserve vaste et percée d'un trou bas, alimenté de braises. Béatitude momentanée. Et le voisin qui n'a pas ce matériel, insolite sur les berges de la Seine, se contente d'un feu de bois, cageots et branches vertes, au bas du mur qui noircit à vue d'œil, et d'un fond de bouteille.

Mais l'affaire est tout autre quand il s'agit de se

laver les couilles. Car malgré la pudeur très relative du clochard quant à l'exposition de telles parties de son individu, il est malaisé et dangereux d'exhiber son arrière-train ou ses pendeloques viriloïdes aux yeux des passants l'estomac plié en deux par la curiosité sur le parapet. Et plus encore que de choquer le regard de ceux-ci, il faut se garder d'attirer l'œil des flics en maraude qui vous iraient foutre dedans sous l'inculpation cumulée d'attentat à la pudeur et d'exhibitionnisme. Quelle pudibondieuserie. Or donc comment se laver ce qui justifie un soigneux brossage et un examen minutieux ? Il faudrait attendre l'été et s'y mettre à l'aube, heure du nettoiement voirique, mais seulement les jours de non-pluie. Il y a bien les chiottes des bistrots, mais il faut y pénétrer et l'on y est à l'étroit. Alors ! Le mieux est de s'en foutre, risquer le paquet, s'installer le plus confortablement et laisser venir les emmerdements. Choisir un lieu discret sur ces berges inhabitées si ce n'est par des grues et des sablières. Et tant pis (ou tant mieux) pour la vieille bique d'en face qui dès potron-minet s'en va traîner savate, pot au lait et caniche mignard…

En amont et en aval de la ville morte, les possibilités sont plus grandes. Lors des trois saisons où la peau ne se caille ni ne gerce comme morilles pédonculées, les bords de Seine sont envahis par toute une population d'aborigènes dont la qualité première est l'anonymat, corps humains se traînant sur deux lianes minces, animaux fantastiques que l'imagination d'un Martien ne saurait concevoir, recouverts de peaux feuilletées et molles qui se détachent et volent à terre pour découvrir une armature blanche d'os en fagot, n'ayant pour tout faisceau sensoriel que des mains longues tâtonnant l'air ambiant, des pieds recroquevillés en fougère naissante pour apprécier les vaguelettes sur le sable noir et boueux, des yeux fixes et mi-clos aussi vides que billes de verre, et une crête broussailleuse qui flottera sur l'eau en poignée d'algues. Debout immobiles sur le rivage, des dizaines d'Arabes, de vagabonds, de chômeurs, de follingues contemplent l'horizon, trente mètres de fleuve lent et une rangée de platanes maigres derrière quoi circulent d'autres êtres étonnants, les camions, glissant sur leur piste avec des barrissements surnaturels. Écluses de Suresnes, de Longchamp, de Charenton. Et surtout cette épouvantable île des Ravageurs, vers le pont d'Asnières, amas informe de chantiers en démolition, de végétation privée de chlorophylle, de baraques branlantes, d'une couche épaisse de fumier humain et de papier chiffon, devant laquelle la Seine se fleurit poétiquement des arcs-en-ciel de pétrole, d'essence, de mazout, mais dont la crasse comme un gras de bouillon (dont les taches mordorées sont justement les yeux) est tenace et enveloppante, soumise au phénomène de capillarité, et couvre les jambes velues de bas gris fort peu féminins. Mais plages pas moins ragoûtantes à contempler que celles à la mode de la côte deauvillesque, malgré le mâchefer et la boue visqueuse qui font ici office de sable chaud, et les herbes fleuries de merdes enveloppées de papier comme des bonbons, où se vautrent les corps nus, dormant au soleil pâle, un mouchoir noué négligemment autour du sexe, poupée de bobo, qui s'opacifie en séchant.

Durant la belle saison, tous les ponts de Paris, les quais, les berges, les canaux sont lieux de grande lessive. Claquent au vent comme les draps des marinières, des chemises, des caleçons, des torchons, des pantalons de toile, des chaussettes dépareillées, crochés au

78

premier fil de fer venu, aux basses branches d'un arbuste, collés au sol par des pavés sales, ou séchés sur soi, à même la peau quand l'heureux propriétaire n'a pas de garde-robe de rechange et doit se tourner alternativement pour présenter ses parties humides au soleil matinal. Au confluent du grand canal, accroupis, agenouillés comme de parfaites lavandières, des hommes frottent, tortillent, étalent, essorent, rincent des pièces de toile et les refrottent la plupart du temps sans savon, à l'eau claire qui refuse de décoller la crasse. Un homme civilisé se lave la tête et fait des bulles comme un gosse. Une virago se démène comme un foutrozoïde sur le bord du quai pour tenter de recueillir un linge qui file à vau-l'eau hors de sa portée, se met à pousser des clameurs bien disproportionnées avec la valeur intrinsèque de l'objet. Un pêcheur lui tend son épuisette, et la bonne femme manque de patauger définitivement, glisse, se rattrape et engueule le sauveteur. À poil jusqu'à la ceinture un matelot échoué là Dieu sait comment après quelles bordées de marine à rames se torture les avant-bras pour atteindre le creux de ses omoplates. Il a le dos magnifiquement tatoué d'une jonque chinoise, dont la voile semble bouger comme la mer à chacune de ses gesticulations. En se penchant en avant, il tend le fond de son pantalon qui cède sans bruit et se fendille de chair blanche. Un chien arrive au galop et se précipite à la flotte, ressort, s'ébroue, s'agite comme un goupillon dans un goulot, retourne à l'eau, s'en va nager dans un océan de bouchons tapis à la poupe d'une péniche, et s'en revient crasseux comme un vieux peigne, l'œil ravi.

Bien calé au creux de trois pavés, je surveille un feu de planchettes. Au bas du rempart qui nous protège du vent, nous sommes quatre ou cinq éparpillés en des poses diverses derrière les platanes, chaque paire de copains clodos s'affairant vaguement à la cuisson d'une tambouille de patates. Tous des inconnus, les noms ne signifiant rien, si ce ne sont les sobriquets donnés selon l'humeur et l'esprit, et le fait de s'être réveillé en compagnie d'un voisin autour d'un tas de cailloux suffisant à justifier des échanges alimentaires et vocabulaires. À côté de moi Rahout, un Kabyle frisé comme une chèvre de son bled, touille une soupe claire et y trempe des croûtes. La vie est belle. Le soleil se lève. J'ai bien dormi, sans trop de courbatures. Les flics nous ont foutu la paix. Sur le pont, les fourmis laborieuses cavalent vers leurs occupations et leurs fins de mois. Les automoteurs poutt-pouttent devant nous. Les congés payés taquinent le poisson-chat à la sortie des égouts.

Se réveiller le matin, sur les bords de la Seine, au chant du coq, de tous les coqs de la rive droite quai de la Mégisserie, et de la rive gauche quai Montebello, est une bénédiction, et le privilège du vagabond. Et bien souvent le soleil est de la partie. Mais se balader sur les mêmes trottoirs et contempler ces pauvres gallinacés encagés, tournant en rond dans leur boîte, s'excitant du bec et des plumes contre les barreaux, sous le regard des paysans de Paris, est plutôt triste. Et quai du Louvre, le spectacle devient proprement scandaleux : exposés vivants dans une vitrine, becquetant, s'épouillant, grignotant, des poussins colorés comme bonbons fondants, bleu, rose, vert, jaune, violet, petites touffes de fleurs légères, ces pauvres bestioles duveteuses ayant été piquées, avant leur naissance, à l'aide d'une longue aiguille plantée dans l'œuf. À quoi cela peut-il servir ? Tout de même pas d'animaux d'appartement ?

À quand les arbres des avenues, les chats des gouttières, l'herbe des pelouses, les lions des parcs zoolo-
giques colorés item ? Jusqu'au duvet du cul des filles,
pourquoi pas, bleu, rose, vert, jaune, violet ?

(On voit bien déjà, tous les samedis soirs, les ménagères des faubourgs, qui ont passé l'après-midi au
coiffeur, arborer des tignasses et perruques à reflets
cendrés, mais peinturlurées de ces mêmes couleurs,
pastel ou violentes.)

14.

Noël étant par définition une nuit triste pour les
fauchés il s'agit de passer ce cap de la façon la plus
joyeuse possible, principalement en se soûlant la
gueule pour trois jours, ce qui est relativement facile
avec la prolixité des orgies populaires, et le mieux est
de grimper à la foire de Pigalle, cette immense attraction quasi gratuite où toujours l'inattendu arrive, plus
intéressante en cela que celle du Trône qui attend le
printemps pour s'épanouir, moment où il fait meilleur
prendre la route que de rester en ville.

Seul et rasé de frais, propre devant comme derrière,
je monte là-haut en quête d'abord d'une absorption
quelconque, nécessaire à l'aboutissement honorable
d'une aventure amoureuse possible. Et je tente ma
chance avec un capital réduit mais suffisant. Car si les
loteries sont en général beaux attrape-couillons, par
contre les baraques où tournent les roues multicolores
sont d'un rapport presque certain. Pour dix francs on
peut gagner un panier garni, deux bouteilles, un pain
d'épices, un kilo de sucre. De quoi faire un honnête
mâchon sur le banc du premier square. Combien de

fois, ainsi, avec ma veine de pendu, ai-je misé toute ma fortune, menue monnaie, sur le premier chiffre devant moi, au hasard, n'étant surtout pas superstitieux, mais ayant confiance, et suivi des yeux mon numéro, trop loin, trop près, n'aura jamais la force de remonter, mais si, ça y est, dedans, l'as de pique a gagné, un kilo. In the baba, pensai-je en empoignant le précieux paquet et filant sans demander mon reste, faisant un boni de cent balles, souriant à ma chance et allant glandouiller, maintenant tranquille, ma faim déjà apaisée par la présence du sucre dans mes poches, de quoi durer quarante-huit heures grâce aux fontaines Wallace (s'il s'en trouve encore qui marchent, depuis que nous sommes si peu à nous en servir).

Il y a bien un truc, expliquai-je un peu plus loin à Fernand, l'haltérophile de la place Blanche, qui musait là après dîner en veston cossu, il y a bien un truc pour gagner presque à coup sûr, mais il faut trouver une baraque où le type est seul à faire marcher son pilori, et regarder sortir les couleurs, car au bout de deux trois heures il a le bras plus ou moins fatigué et le geste machinal qui lance la roue avec une force à peu près égale d'un coup à l'autre, on repère les chiffres gagnants, qui se limitent en général à trois ou quatre, se touchant évidemment, ce qui réduit la chance à une sur trois. Mais le flèche est quand même connu, et si le type te zyeute, il fait gaffe ou change de bras, ou freine du pied, la vache. En tout cas, c'est une institution d'utilité publique. Imagine-toi que maintenant je gagne quatre ou cinq litres, je pourrais t'offrir une belle veillée. Fernand riait mais s'en foutait. Il gagnait plus de fric que je ne le ferais jamais, à raconter sa vie, bonimenter, baratiner les badauds, ramasser les pièces de monnaie et les billets pliés, et de temps en temps soulever à la pince c'est-à-dire entre le pouce et l'index un poids de vingt kilos. C'est un bon métier. Et ils sont une belle équipe sur la place de Paris à exhiber des biceps de Romain. Je l'avais connu quelques années auparavant, quand je travaillais moi aussi à la foire, engagé comme ramasseur à l'auto-skooter de Pigalle, ne voyant de la fête que les fragiles barrières de bois blanc, et devant et derrière une rangée de silhouettes debout, visages mouvants éclairés par en dessus, se teintant de bleu, de blanc, de rouge selon les ampoules émergeant de la pénombre. Je me croyais au cirque, sur la piste, faisant le clown, caracolant devant une salle obscure, je volais d'une voiture à l'autre, repérant d'un œil expert mes drapeaux jaunes qui s'agitaient par à-coups en haut des mâts, contre les grilles, sous les étincelles, collant mes semelles sur l'étroit pare-chocs, happant les billets à peine tendus, sifflotant malgré moi la rengaine du haut-parleur, heureux de ce boulot de singe (me balançant d'une branche à l'autre), et rejoignant d'un bond le plancher de la passerelle, changeant mes tickets à la caisse. J'avais une cotte bleue de moniteur et des espadrilles, une casquette sur la nuque. Je repérais les filles seules, et il y en avait, sans cesse prises à partie par les solitaires qui essayaient de leur faire du gringue entre deux virages et un embouteillage, et par ceux plus malins qui préféraient lorgner les femelles debout sur l'estrade, virer devant et leur faire signe, du doigt ou de la tête, et elles y allaient, se faisaient payer dix, vingt tours, le bras du gars passé autour des épaules ou la main sur la cuisse, car ils les laissaient conduire pour en profiter un peu, les tâter jusqu'à ce qu'elles se décident à descendre avec ou sans homme, pour aller tous deux recommencer le même manège. Quant à moi, il me fallait attendre les heures creuses, où seules trois ou quatre bagnoles tourniquaient, les autres en tas et presque personne autour, alors je pouvais y aller, m'asseyais sur le dossier, une jambe sur la portière factice, bousculais les lambins, ramassais le fric au passage, et une poulette si possible, mais ça c'était une autre histoire, le patron ne voulait pas de ça, il gueulait et nous emmerdait, après il fallait se contenter, quand on en racolait une, de la laisser conduire à l'œil, toujours dans les heures creuses, et la fille ravie s'en donnait à cœur joie, et nous donc, on lui tapait au cul, et elle criait, on la touchait doucement à l'arrière, un peu en biais et elle tournoyait en rigolant, on regardait, guettant de tous nos yeux les genoux, débuts de cuisses, la plupart s'en foutant, au contraire ne prenant même pas la peine de baisser leurs jupes, et on les abandonnait excités mais obligés d'aller cueillir la monnaie. Et le soir, passé minuit, quand la fête se vidait, il y en avait toujours deux ou trois qui continuaient à rôder, tandis qu'on rangeait les teuf-teuf au milieu de la piste, on les rejoignait, les emmenait boire un verre au bistrot et elles se laissaient au moins chahuter quand ça n'allait pas plus loin : boniches, petites employées, filles toutes seules dans leur piaule, après un repas expédié en vitesse, debout devant un réchaud à gaz, avaient le bourdon et venaient là tout oublier, et dans le tas, poupées de quartiers lointains, gosses de riches, qui croyaient chercher l'aventure, demi-pucelles qui se troublaient profondément quand on les caressait au fond des impasses, l'ancienne rue de l'Élysée-des-Beaux-Arts ou l'escalier des Trois-Frères, collées dans une encoignure, contre une porte, et qui soupiraient les jupes et dessous en désordre, le cœur battant la breloque, à grands coups, quand des mains les fouillaient. Et des putains donc, celles qui à minuit, une heure du matin, en avaient marre de psalmodier et de basculer d'un pied sur l'autre au coin de la rue, sans avoir fait encore la moindre passe, et venaient nous regarder, elles aussi, éteindre nos lumières et bâcher nos moteurs, se faire payer une fine, rigoler avec nous, leurs potes, leurs frangins, et quand le cafard les prenait, qu'elles n'avaient plus le courage de retourner au boulot, qu'un type leur plaisait, que la nostalgie d'une étreinte partagée les prenait, alors elles plaquaient tout, on partait faire la tournée des grands ducs, dépenser nous la paye de la semaine, et elles celle de la veille, on partageait en copains, jusqu'à quatre, cinq heures de l'aube. On faisait tous les bistrots où l'on buvait sec après la fermeture, les rideaux baissés, le patron offrant sa tournée, on discutait le coup avec les pseudo-durs, mecs et faux tatoués, casseurs à la petite semaine, aux toilettes voyantes de tantouses qui acceptaient de trinquer avec nous, mais sans familiarités, les cons, car nous n'étions pas pour eux des affranchis, des mecs comme ça, mais des exploités, on allait pieuter avec les filles, les comblait, elles s'en donnaient à cul joie, les acharnements se prolongeant bien après le jour, on s'entendait d'une piaule à l'autre, on s'interpellait… Et le lendemain, la gueule un peu verte, on reprenait le boulot, la partie la plus emmerdante, la révision des moteurs, ce à quoi je ne comprenais pas grand-chose, et le nettoyage du manège, ce que je faisais d'un air dégoûté…

Le bistrot le plus vivant de ce quartier est maintenant celui du père François, qui fait figure certains soirs de digne bouge à matelots, ce qui (malgré le caractère évident (?) de Paris port de mer) est une chose insolite. Bistrot musette où depuis la fin de la guerre aboutissent les marins en goguette, les soldats en perm, les derniers durs de la butte et des quartiers y adossés. La porte qui mène au dancing est à claire-voie et à ressorts, et l'ambiance de cette salle est bien celle d'un salon de western, les bagarres y éclatent périodiquement, entre les gars de la Légion et les mecs de l'U.S. Navy, la castagne n'y est pas chiquée, la verrerie vole en éclats, les filles hurlent, les corps tombent et repartent de plus belle, les spectateurs ne reculent pas d'un pouce, le patron sonne police-secours, et quelquefois les pétards s'en mêlent, spectacle gratuit auquel on participe activement, le cœur battant, les réflexes en déroute, ça ne fait pas de mal, une saignée ordinaire. Mais la plupart des soirées y sont tout de même calmes, à condition tacite que chacun s'y tienne à carreau, soit poli suffisamment et ne marche pas sur le pied du voisin ou n'envoie pas sa fumée dans la gueule du vis-à-vis, ou ne foute pas en l'air le verre du copain. Les turfs sont tranquilles et pratiquent volontiers la station assise, vantent leurs charmes de la voix et excitent la mollesse générale des clients mâles par des gestes bienséants et des rappels sur terre qui ne dépassent pas le tradition- nel : Alors, on baise plus là-dedans ? clamé malen- contreusement au milieu d'un trou de silence. En somme un bon coin. De l'autre côté l'accordéon sus- cite les évasions imaginatives, et quand on y jette un coup d'œil on distingue mal les putes des boniches et des filles en vadrouille, ce qui prête à confusion…

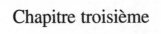

Chapitre troisième

1.

D'abord manger.

Mais comment ? Comment trouver une nourriture substantielle, si l'on ne peut donner en échange qu'un appétit tenace quoiqu'assez raisonnable, comment si l'on se trouve ainsi au bord d'un trottoir, hésitant sur la direction à prendre, comment ?

2.

J'ai faim.

Autour de moi la terre tourne, le paysage fait la roue, les rues en sont les rayons, et je suis attaché au moyeu, ridicule pantin probablement, le supplice de la roue, le pilori.

La faim donne le mal de mer.

Je navigue dans la ville. Ce n'est pas la tempête, mais une houle bien pire. Ondulation douce et régulière qui me soulève le cœur. Devant moi la chaussée monte lentement, interminablement, oscille un instant, elle hésite puis redescend aussi mollement, indéfiniment. Pour en suivre les pentes, je suis obligé de tour à tour lever le pied ou de le plonger en avant, et à chaque pas je rate mon coup. Je cherche un refuge, un port, une ruelle en impasse dont le fond où j'irais me cogner me retiendrait. Mais un cul-de-sac dans la ville est une chose rare, presque un miracle. Car Paris-la-nuit est un dédale, les rues y sont interminables, n'en finissent jamais, se multiplient, se poursuivent, se prolongent, s'emboîtent les unes aux autres comme des canalisations, se rétrécissent ou s'élargissent comme des bouts de lorgnettes, ou en équerre, ou à angles droits, vaste treillage, échafaudage enchevêtré de tubulures de fer posé à même le sol. Paris-la-nuit est un labyrinthe où chaque rue débouche dans une autre, ou dans un boulevard qu'ils appellent justement une artère, où je progresse lentement par soubresauts comme un caillot de sang, hoquetant, suivant la plus grande pente, poussé derrière moi par les étranglements, aspiré devant par le vide. Et j'avance, je marche, je coule, je fleuve, j'espère me jeter dans la mer, havre de paix et d'insouciance. Mais c'est impossible, il n'y a jamais autre chose que des embranchements, des carrefours, des bifurcations, partout des affluents à droite à gauche en amont en aval, partout des rives identiques encaissées indifférentes, insensibles à l'égratignement du cours des rues. Je coule dans la nuit comme un bateau de papier sur un ruisseau de gosses, je suis ballotté, mes chevilles s'enfoncent, mes jambes mollissent, ploient, se creusent, je perds pied, je n'ai plus que les bras pour avancer, je me noie en silence, je rejoins en rêve sous moi le même dédale liquide des égouts qui serpentent sous mon itinéraire…

Moi, et la faim que j'ai cette nuit…

Comment, à Paris, manger, faire au moins un repas chaud ou cuit par jour, comment quand on est sans le sou, sans piaule ou créchant dans une mansarde privée de gaz et d'électricité, comment, si l'on veut éviter l'infernal circuit des asiles, des soupes populaires, des hôpitaux, des œuvres de charité qui distribuent plus de bonnes paroles que de bon pain et réclament encore, payable d'avance, leur dû c'est-à-dire des cantiques et du balayage, comment, quand on n'a évidemment pas de quoi prendre le métro et que le stop est impossible dans la ville, si ce n'est à de rares heures privilégiées, celles de la nuit quand les camions et les charrettes remontent des ou vers les Halles, comment grimper aux quatre coins des plus lointains quartiers, frapper à la porte d'un copain pour qui l'hospitalité est encore un principe sacré, comment ? On peut se creuser les méninges, ouvrir l'œil, regarder par terre, tirer des plans sur la comète et se mettre à jurer tout bas, tout cela ne sert à rien, il vaut mieux se laisser aller, le destin devant pourvoir.

C'est la nuit que la faim prend en traître. Car le jour apporte des distractions, fomente des rencontres, excite la curiosité, tandis que la solitude, le silence, une inaction relative, la fatigue de la marche font brusquement penser (une idée qui vient comme un cheveu sur quelle soupe ?) à une station tranquille sur une banquette de moleskine, un verre de rouge ou un sandwich, un œuf dur, un tas de croissants, confort et nourriture extrêmement chers en regard du peu de calories obtenues, amuse-gueules (encore un mot scandale), que les garçons déposent pertinemment au milieu de la table. Et tout en longeant le trottoir, quêtant les mégots, l'imagination travaille, perdition du vagabond pas encore mûr à un état de fait voulu ou non.

À Paris, la faim prend des proportions gigantesques, parce qu'on sent les victuailles, ce mot atroce si proche d'entrailles, derrière chaque mur, derrière chaque fenêtre, entassées, rangées, étiquetées ou dispersées, abandonnées, gâchées. Une des principales attirances de l'affamé est celle des menus crochés à la vitre des restaurants, qui le captent, de loin, de l'autre côté de la rue, l'aimantent, le rivent oculairement à leur lecture lente, et qui sont de véritables poèmes, poésie pure, vivante, charnelle, les vocables et expressions ne parlant plus à l'âme mais à l'estomac, leur rythme ne contractant plus la matière grise mais la moelle épinière et les sucs gastriques, et dont la répétition à voix haute n'est plus tonalité illusoire mais fluidité salivante et humectante.

On se surprend à le dire tout haut, j'ai faim, ça devient une expression, un son double, une onomatopée dont la prononciation étonne, dont le sens devient fugace, insaisissable, un vocable étranger qu'il faudrait chercher dans le dictionnaire de la mémoire (facticité d'un langage familier)…

Mais quand on a choisi sciemment ce genre d'existence, ce modus vivendi, qu'on a dit merde une bonne fois pour toutes à l'avenir, qu'on a refusé de prendre une assurance vieillesse (avec auparavant un boulot à la chaîne, semaine de quarante-huit heures plus la vaisselle et le bricolage de rabiot, distractions dominicales et familiales, rides précoces et rien vu du monde que le mur d'en face et de filles que celle de la concierge, et après la retraite, logement deux-pièces, dans nos meubles à nous, belote tremblotante et pue du bec avant qu'on t'enterre toi et la vie que tu as failli avoir, veau mort-né) évidemment on n'a guère le droit de gueuler contre la faim, c'est le jeu, et chaque fois que ça m'arrive, je la boucle, je tais mes commentaires, j'évite la compagnie des bien-nourris, je rejoins les copains qui savent à quoi s'en tenir et qui eux aussi parlent d'autre chose. Mais dans cet immense foutoir qu'est la capitale, il y a des hommes qui crèvent de faim à qui on n'a pas demandé leur avis, se foutent pas mal des beautés de la liberté et de la marche à pied, ont misé sur l'avenir et le boulot bien fait qui rapporte l'aisance (celle de la fosse) et dont on apprend du bout des yeux le décès dans la colonne des faits d'hiver, vieux et vieilles morts solitaires dans un taudis innommable, ou rongés tout vivants sur leur grabat par des rats (et je ne parle pas ici des clochards, des Arabes, des vieillards d'hospice qui devraient payer cinq ou six cents francs par jour pour avoir droit à la bouffe et au pieu), et pour tous ceux-là c'est perdu d'avance (depuis l'enfance !), ceux-là qui savent, qui peuvent compter les jours avant l'extinction, n'ont aucune chance d'en sortir, de gagner du temps, de trouver une sortie, de gratter une semaine de boni. Et ce ne sont pas toujours des vieux. Et il y a ceux qui préfèrent se suicider, en cachette ou sous le métro, pour, dans un sursaut de révolte naïf, entraver la circulation. N'entrave que dalle. Continue la circulation, et repart de plus belle…

3.

Je crève de faim, hurlait-il.
À la sortie des théâtres, l'homme criait au milieu de la rue, barbu et en veston court, sous la pluie. Il criait. Je crève de faim. Oh ! payez-moi à manger ! Ce oh ! sautait dans ma poitrine. Il ne s'adressait à personne en particulier, zigzaguait sur la chaussée. J'ai faim, pleurait-il, larmoyant, suppliant, reniflant, toussant,

criant de nouveau, hurlant. Les gens cavalaient vers le métro et les taxis. Ils ignoraient s'il était soûl ou sincère, ils l'évitaient. Je crève de faim. Il ne sortait pas les mains de ses poches. J'ai faim. Au bout de la rue, ils se retournaient quand même avant de disparaître. Il continuait à chanceler, homme fantôme pourtant si proche, sirène de détresse crevant le brouillard. Dès qu'il frôlait un groupe, un couple, son cri les déchirait, les éparpillait, les femmes accéléraient, les hommes tournaient l'épaule. Sur une salle entière vidée sur le trottoir il n'eut pas une pièce de vingt ronds, les bourgeois veulent bien faire la charité mais il faut qu'on la demande poliment, et discrètement, qu'on fasse le beau d'abord et surtout pas cet affreux scandale sur la voie publique qui allait gâcher une si belle soirée, quelle horreur mon cher ! Pourquoi n'empêche-t-on pas cet état de choses, mon chéri ? Payez-moi à manger. Oh j'ai faim ! Il fléchissait sur ses jambes. Sa litanie devenait monocorde. J'avais la poitrine bouleversée. C'était cette même voix entendue dans une prison allemande, l'homme devant moi, à poil comme moi, qui courait en tous sens, le torchon à craie enfoncé dans la bouche et qui arrivait à hurler quand même : Tuez-moi. Oh ! Tuez-moi…

Ce oh ! dans ma tête jusqu'au bout de la nuit. Je n'avais jamais atteint ce délire de la faim où l'estomac remonte et bouffe le cerveau. La rue se vidait. Planté là dans le décor, impuissant puisque fauché, incapable de réfléchir à une combine quelconque, voulant mais ne pouvant fuir, l'abandonner. Il ne me voyait pas, ne voyait personne, gueulant sa malédiction au ciel, qui me coula dans le dos pendant des jours et coupa ma faim. Où est-il ?

Mais cet homme ne pouvait qu'être devenu fou.

Rendu tel par une longue accoutumance à cet état de vie asocial, la quête quotidienne et acharnée d'une mauvaise nourriture, le trop-plein des boissons offertes sur le trop-vide des aliments refusés, la haine soigneusement entretenue des richesses côtoyées et le masochisme de la misère... Parce que...

4.

Parce que, pour ne pas mourir de faim à Paris, il faut un certain jeu de qualités, l'esprit ouvert, l'œil fureteur, l'oreille attentive, le nez au vent, la jambe leste et un certain mépris de la propriété personnelle, bagage ordinaire du vagabond. Car on n'évalue pas a priori le peu de nourriture nécessaire à une vie précaire. Le tout est d'avoir en hiver une soupe chaude par jour et une boule de pain, le reste de l'alimentation devant être composé d'une quantité relativement maigre d'ingrédients divers et imprévisibles, mais dont en général l'hétérogénéité suffit à l'échelle savante des vitamines. Un grand nombre d'aventuriers en chambre ne soutiennent les rythmes mous de leur carcasse qu'en absorbant quatre ou cinq fois par jour des potages maggi délayés brûlants dans lesquels ils trempent des croûtes, et particulièrement les jeunes de ces petites piaules d'intellectuels, bordels de la pensée où l'on va se masturber et s'enconconner en chœur dans la confrontation des vérités premières. Et cela n'empêche pas la vie de s'épanouir, au contraire ! Tout le long de la Seine, éparpillés au-dessus de trois kilomètres de quais. Tout au fond des vieux quartiers de la rive gauche, nichés comme des hirondelles sous des milliers de toits, ils vivent dans les mêmes chambres de bonnes, sans eau si ce n'est celle des chiottes sur le palier, sans air si ce n'est celui d'une lucarne de prison, et sans espace si ce n'est celui justement d'une cellule, avec les mêmes étagères de bouquins construites à l'aide de planches de caisses, les mêmes lits de camp sur quoi traîne une couverture usée, le même bric-à-brac de ferraille utilitaire, matériel de pauvre camping, et la même décoration de photos découpées dans *Life* ou de reproductions cartes postales des peintres modernes. J'ai couché dans un nombre incalculable de ces turnes, locataire clandestin ou officiel, y habitant par ricochets et déménageant de l'une à l'autre sans pouvoir me souvenir en quoi celle-ci différait de celle-là. Et j'ai pu apprécier la valeur irremplaçable du thé, consommé là par litres (alors que la demande d'une telle boisson dans un bistrot honnête ferait pour le moins sourciller le loufiat) avec ou sans accompagnement de baguettes et constater que l'on s'en tire à bon compte, c'est-à-dire qu'on y parvient à un état de vie larvaire propre à l'élaboration et la discussion de problèmes métaphysiques, en ne le payant que d'inconvénients relatifs, à savoir une maigreur esthétique ou un embonpoint dû à l'anémie graisseuse. Il suffit d'avoir un jour de chance trouvé, acheté ou emprunté un réchaud quelconque et de l'entretenir de combustible au prix de sacrifices inévitables, d'avoir des notions intelligentes de gastronomie.

Parmi ces garçons, à qui je tire mon chapeau, j'en ai connu dont les « moyens d'existence » faisaient preuve pourtant d'originalité. Tel Élie qui habitait chez une vieille fille dans un appartement vieillot et austère comme la propriétaire. J'y venais coucher de temps en temps, clandestinement, car la demoiselle n'aurait pas compris qu'à mon âge je n'eusse pas d'argent ou de travail, m'en procurant, comme Élie qu'elle croyait employé dans une boîte quelconque et qui n'avait évidemment aucune envie de la dissuader, et je devais pénétrer chez elle après onze heures quand elle était couchée, et en repartir avant six heures quand elle se levait, si fait que, étant fatigué de nature et appréciant fort le vrai lit que je partageais, je ne m'éveillais pas toujours à temps et en étais quitte pour passer la journée là et attendre le lendemain matin, en profitant pour me laver de bas en haut, me raser et bouquiner dans le plus grand silence, ma vie se passant ce jour-là au ralenti, mettant plusieurs minutes pour traverser la pièce et tournant mes pages avec d'infinies précautions comme celles d'un incunable en dentelle, bougeant avec des gestes de poisson d'aquarium jusqu'au retour d'Élie qui me rendait une liberté de mouvements plus grande, mais m'obligeait à lui faire mes commentaires par simagrées ou scribouillages. Heureusement, il avait des disques et cela coupait ce silence irritant. Élie donc atteignait l'âge important de trente ans et ne se souvenait pas s'être nourri jamais que d'aliments hétéroclites et brillant plus par la médiocre valeur commerciale que par l'intérêt calorique, en particulier des boîtes de compote de pommes qui le sustentèrent pendant une bonne partie de la guerre, du maltymel, espèce de mélasse brune et épaisse au goût équivoque et assez vite écœurant, ce qui en limitait économiquement l'usage, et maintenant en est lui aussi aux potages en briquettes dont l'éventail des constituants permet un roulement agréable, le tout évidemment mouillé de thé clair et non sucré, ce breuvage universel dont on oublie la saveur à force d'en boire. Si ce n'est chez Blagatoff, un autre follingue aimable mais bien plus âgé, vivant dans un clapier odorant du quartier des cuirs, qui m'apprit à préparer le thé à la tibétaine, dont il se nourrit exclusivement depuis l'autre après-guerre et s'en porte fort bien : c'est-à-dire bouilli longtemps et âcre de noirceur, puis agrémenté d'une poignée de gros sel et d'un cube de margarine, ce qui a pour moindre effet d'impressionner le visiteur, mais qui se révèle à la longue extrêmement nourrissant. Ce Blagatoff avait la manie curieuse de hanter les boutiques dites de comestibles. Elles représentaient pour lui, disait-il, qui avait des lettres, l'antichambre du paradis, et il prenait un malin plaisir à y pénétrer, sous le prétexte évident pour le patron, mais secondaire pour le quémandeur, de mendier quelques bribes alimentaires ou de la menue monnaille, employant des ruses d'apache pour y rester le plus longtemps possible, tourner en rond, regarder, inspecter, respirer, humer, faisant un gueuleton d'odeurs hétérogènes, rollmops, choucroute, jambons fumés pendus par la patte, pains de seigle géants, harengs en huile, charcuterie diverse et transalpine et cuisine à emporter, ne se souciant que fort peu d'être éjecté sans résultat tangible sous le bras ou dans la poche, s'en allant en souriant d'un air béat, ravi d'avoir enregistré un repas. Au début je le soupçonnais fort de chaparder de menus vivres, mais il n'en était rien. Il me confiait que la vitrine ne lui suffisait pas, car plus que la vue, son sens olfactif (il disait nasal) le nourrissait et le comblait d'aise. Si je puis dire, la vie le menait par le bout du nez...

Mais le comestible le plus à l'honneur chez les mange-petit est sans conteste le flocon d'avoine (quaker oats pour les initiés) qui, vu son prix d'achat accessible à la monnaie métal et son gonflement bourratif à la cuisson, se révèle très précieux, ayant de plus l'avantage de se pouvoir préparer de diverses manières, à savoir, par exemple, au sel, au sucre, à rien, à l'ail, aux oignons, au bouillon maigre, au bouillon gras, au thé, à l'eau claire, à l'eau de riz, à l'eau de nouilles, aux croûtes, au vermicelle (plat de luxe), au poivre rouge (idem), à la margarine, à la viande hachée (pour les gueuletons extraordinaires)…

5.

Dire que les Halles sont le ventre de Paris est un cliché, mais les gens n'approfondissent pas le fait qu'elles sont réellement les entrailles de toute une population, le centre d'attraction de tous les vagabonds diurnes et nocturnes qui viennent y glaner leur friture alimentaire, ces rogatons, déchets, et tombées minables inexistantes à l'œil de l'épicier en gros ou en détail qui marche dessus ou du fonctionnaire qui les balaie, mais source de vie et de chaleur intime pour tant de vieux et vieilles accrochés par grappes aux wagonnets de la voirie, brassant des monceaux de détritus où seules peuvent encore briller des oranges émouvantes…

Comme tous les gars de ma profession, qui est de n'avoir pas de métier, bon à rien et prêt à tout, j'ai travaillé aux Halles, de mes mains froides et de mes yeux brûlants, à l'heure où les cafés ordinaires fermaient, vidaient leurs clients et que par la passerelle du pont des Arts ou le pont Neuf (j'habitais alors rue des Canettes, une minuscule chambre à lit de sangle, sans fenêtre sinon un vasistas opaque au-dessus de la porte et sans même un broc pour me laver), je gagnais la rive droite besogneuse, allais boire mon énième noir au comptoir du Pied de Cochon, contemplant là les bourgeois qui montaient, voitures devant la porte, avec des filles, au premier étage, bouffer des soupes à l'oignon brûlantes et croûteuses, trois fois plus chères là-haut qu'au ras du trottoir où j'étais, faisant le premier quatre-vingt-et-un de la nuit avec les laveurs de têtes en blouse et tabliers maculés qui, avant d'aller nettoyer à grands jets d'eau froide les ossements charnus des bestiaux qui serviraient à faire de la douce charcuterie, essuyaient là le sang coagulé et le rinçaient de vin blanc sec.

Puis quand ils étaient partis, je traversais à mon tour les grands halls de gare des pavillons où les camions géants déversaient leurs légumes, il était presque deux heures, gagnant la boutique de Mustapha, le Turc bananier qui m'employait comme basculeur pointeur, devant qui jusqu'au matin je bousculais des cageots et des billots et des régimes sortant des réserves où ils avaient mûri, et les pesais en grands tas instables sur la balance qui bougeait à peine quand je montais dessus. Et quelquefois, quand toutes les deux heures je n'allais pas chez Fauveau, enfin ouvert, boire les éternels crèmes, arrosés ou non selon l'humeur du patron, je passais rue Berger, faisais signe à la caissière du marchand d'œufs et volailles qui trouvait toujours le moyen de se faire remplacer un quart d'heure, le temps de me retrouver dans l'escalier de la maison voisine où je la baisais debout, sans même relâcher ma ceinture et qui, les jupes retroussées aimait ça, et me refilait un fromage ou quelques œufs pour réparer mes forces et attendre le casse-croûte officiel, celui de dix heures que, le boulot terminé, tranquille jusqu'à la nuit prochaine, j'allais bouffer place des Deux-Écus, me tapant un immense steak garni qui entamait pour une large part ma paye quotidienne, et fumant la meilleure cigarette, je m'en allais faire le porte à porte de tous les bistrots amis, particulièrement aux alentours de la rue Saint-Denis dans la compagnie de mes copains clodos qui envahissent les abords du square des Innocents, un nom qui les désigne d'abord, où ils errent à travers les sacs de pommes de terre, et les tas de cageots, comme ils erraient déjà il y a cinq ou six siècles sous les voûtes, entre les piliers et sous les balcons de bois, insensibles à l'effroyable odeur pestilentielle des extravagants monceaux d'ossements, enchevêtrements gris sale délayés par la pluie et les rongeurs, foisonnements craquelés d'armes corsaires, bois sec qu'ils ramassaient et tassaient en fagots de tibias et de fémurs pour en faire jaillir des flammes réconfortantes, chauffantes et cuisantes, feux de joie qu'ils calaient de têtes bien rondes (ce qui faisait dire à Rabelais que Paris estoit une bonne ville pour y vivre, mais non pour y mourir car les guenaulx de Sainct-Innocent se chauffoyent le cul aux ossemens des mors), ces bougres éphémères mais prolifiques qui trouvaient encore moyen d'y tendre sébile et clamer peine aux seigneurs, bourgeois et belles dames qui le soir venaient y prendre le frais, car le lieu était fort fréquenté, et les vivants ne devaient guère mieux sentir que les macchabées, et les beaux atours féminins, froissés, fouillés, dans l'ombre, n'exhaler que des odeurs animales, chaudes et aphrodisiaques qui excitaient les galants que d'autre part la douce pourriture qui fumait la terre laissait impassibles, et ce devant la fresque naïve et cruelle de la Danse des Mors. (C'est dans cet endroit que plus tard un homme compatissant nommé Fradin, probablement un flaire-bornes retraité et vivant de ses rentes, fonda pour les crève-la-faim, disent les vieux bouquins, un « hôtel » où l'on couchait à la ficelle, les clients s'allongeant tous bien parallèlement, posant leurs fesses sur de vieux sacs, les pieds sur le pavé et la nuque sur une corde tendue à quelques pouces au-dessus du sol et que dès potron-minet, le malin taulier détachait, mettant ainsi fin par une chute générale et presque indolore, aux rêves de ses locataires…)

N'y travaillant plus, mais y vivant, je m'étais réfugié comme tant d'autres dans un de ces arrière-trous abandonnés des Halles, au fond du magasin d'un grossiste de la rue Saint-Honoré, ayant trouvé là un terrier de choix et à peu de frais, tout ce quartier étant sans fond comme un vaste panier percé, chaque maison recélant dans ses flancs un labyrinthe mystérieux qui mène le diable sait où, vers les souterrains, les égouts, les catacombes, chaque boutique au bord de la rue n'étant pas un cul-de-sac ordinaire, mais une antichambre, et en soulevant une bêche ou déplaçant une pile de colis vides, on aperçoit un ou plusieurs corridors qui coulent dans le noir, descendent en se resserrant, de plus en plus obscurs, sales, envahis d'une végétation poussiéreuse de pierrailles, d'éboulis, d'objets abandonnés ayant résisté au temps et s'enfonçant, se tassant comme des alluvions, ces couloirs de moins en moins poutrés, architecturés, dont les parois se mettent à fuir brutalement le tâtonnement des mains et des yeux, et il vaut mieux avancer avec d'extrêmes précautions dans ce dédale que préfèrent ignorer les propriétaires, où de curieuses odeurs minérales et végétales, humus, champignons, vert-de-gris, salpêtre, fleurs pourries, terreau humide, écartèlent les narines et pénètrent la gorge, où surtout les bougies ne donnent qu'une faible lueur vaguement inquiétante, et le plus souvent immobile, il vaut mieux s'arrêter à temps quitte à ne pas découvrir la source de ces merveilles spéléologiques, car sans craie, ficelle ou échelle de fil de fer, on s'y perd, on tourne en rond, on frappe les murailles, vite affolé, on se fend les lèvres et le crâne contre des stalactites, on tombe les tripes nouées dans des trous, des pièges, des chausse-trapes, on s'accroche, on s'égratigne, on sue, on s'efforce de rester calme, on pisse, on appelle, on ricane, on se triture les doigts et la cervelle, on pressure sa mémoire, on supplie son antique sens de l'orientation, on finit par s'asseoir, par attendre, on a faim, on a soif et on s'éteint doucement, longtemps après la dernière allumette, on se tasse, se recroqueville, se contracte, s'émiette, se désincarne, se désosse, on rejoint le minéral et le géologique.

Quant à moi, j'y vivais, mangeais, dormais, rêvais sur un tas de sacs de pommes de terre, ayant mis toute ma fortune en luminaire, ne sortant que pour aller chercher à bouffer et prendre l'air, passant devant les employés ou le patron de la boutique, qui me faisaient cadeau d'agrumes ou d'oranges, mais se frappaient le front derrière moi. C'est là aussi que je recevais mes copains logés à la même enseigne ou qui avaient pignon sur rue dans les coins d'ombre de ces quartiers providentiels, venant me rendre visite, se faufilant comme des vers par les trous et les fissures géantes qui craquellent toutes les façades du pâté.

C'est ainsi qu'un soir d'automne, nous nous livrâmes à une orgie fabuleuse quoique pacifique et privée de volupté fornicatoire, étant entre hommes avec la seule compagnie des rats et des chauves-souris. J'avais gagné un peu de fric à la Loterie avec un dixième payé dix balles dans un stand de la foire du Trône, et pour n'être pas en reste de générosité, chaque clodo copain s'était dépensé en idées géniales, avait multiplié les combines, entassé des économies pendant

103

plusieurs jours, rivalisé de stratagèmes en vue de ce gueuleton sacré, pour qu'enfin on eût de quoi acheter une boucherie entière, et déléguer deux des plus présentables, munis de cabas imposants qui s'en allèrent récupérer (*sic*) viande, volailles, charcuterie et boisson, brillant plus par la quantité que par la qualité, une tonne d'aliments de toute nature que nous absorbâmes en près de vingt-quatre heures par ingestion rapide, hétéroclite et joyeuse, puis par digestion lente, massive et pénible. Ce à la lueur sujette à éclipses nombreuses et fumeuses d'un feu de braises, couchés sur le côté, à la romaine, et s'empiffrant de même, quittes à s'aller vider d'une façon ou d'une autre au bord de l'obscurité. Pour finir les uns après les autres, rassasiés, gonflés, hoquetants, assoupis, les mains croisées sur les gargouillements, regardant des étoiles briller au plafond, sentant des souffles frais, écoutant l'harmonica d'un jeunot, les jurons, rots et pets de satisfaction bestiale...

C'était le bon temps.

Mais les souvenirs ne nourrissent pas son homme, et maintenant que je suis vagabond citadin, en quête de deux choses essentielles à la vie d'un honnête homme, le gîte et le couvert, il s'agit de se remuer.

6.

Le système démerdard trouve évidemment aux Halles un champ d'action inépuisable et des applications quasi organisées, la fauche par exemple s'y faisant pour ainsi dire au su si ce n'est au vu de tous, ne serait-ce que celle du poisson. Il est si facile, quand un diable cavalant passe à portée de la main au milieu de l'encombrement et des bousculades générales, de faire glisser une caisse et de se barrer en vitesse, mais d'un air impassible. Vers huit heures, aux alentours des pavillons, des bonnes femmes agrippent les ménagères averties, les guetteuses d'occasion, les obsédées de l'économie, les fiérots malins, et les attirent dans un coin, entr'ouvrent devant un cercle vite formé un cabas où s'entremêlent diverses bestioles de la gent marine pour la plupart non reconnaissables à première vue, et larguent pour des billets de cent francs deux ou trois carrelets ou des daurades pailletées de glace et d'écailles. Il faut faire vite. Une commère signale du coude ou du cri l'arrivée intempestive d'un imperméable suspect ou d'un uniforme pas si bon enfant. Il faut déguerpir, le cabas est refermé et la vieille s'enfuit au grand dam d'une cliente qui a payé mais n'a pas eu son poisson, et tout le monde suit comme une volée de pigeons, le petit groupe trace à travers les piles de billots et va s'encoincer plus loin, le cercle se referme, la bonne femme gagne sa journée. Mais c'est quelquefois aussi un Kabyle ou un porteur jeunot planqué au bord d'un couloir qui, n'ayant pas le culot ni le bagout féminin, fait signe, siffle, montre de loin et sort la poiscaille directement de sa poche, n'a pas le temps de marchander et vous pousse pour déguerpir. Les habitués des carreaux ou des pavillons ne s'en étonnent plus et ferment les yeux. Le poisson vient quelquefois d'une caisse malencontreusement (ou bienheureusement) placée à l'écart d'une pile, ou tombée, éclatée dans une volée silencieuse où les plus vifs se servent. Tout cela ne va pas sans risques, sans engueulades, sans coups échangés, mais il faut que tout le monde mange et il ne faut guère de temps pour s'éclipser dans la cohue, même du bras d'un agent, en lui laissant le corps du délit qui ne sera jamais rendu…

Mais il faut toujours en revenir là. Comment manger ? Aux heures où les Halles sont abandonnées, vides, désertes, tristes à en mourir, toutes les maisons ayant l'air abandonné, les trottoirs immenses et plats trop longs à arpenter, quand la circulation routière d'un autre monde a repris ses droits et oblige à des précautions inhabituelles. Comment donc manger, quand on se trouve à l'autre bout de Paris et que le froid vous fait penser trop activement à un repas chaud pour avoir le courage d'aller dormir sous les ponts ?

Inconsciemment les pas portent l'homme affamé vers les lieux où se débite la nourriture, et si ce ne sont pas les Halles, ce sont les marchés, répartis en quantité suffisante à travers la ville et dont certains existent l'après-midi. Marchés où il y a toujours quelque chose à glaner, pour qui n'a pas ses yeux dans sa poche et sait se baisser discrètement pour ramasser les tombées et coulées de toutes sortes, je dis discrètement car il est de bon ton de ne pas trop attirer l'attention des ménagères, encore moins celle des maraîchères, dont il est difficile de prévoir la hargne ou la compréhension, leurs commentaires allant plus souvent vers le : sale mendigot, que vers le : tiens mon gars. D'ailleurs comme dit le Berger qui m'accompagne sous les souks de la Mouffetard, on n'en a rien à foutre. Le principal est de becqueter. Il est cinq ou six heures du soir. Les boutiques pètent de lumière et débordent sur la chaussée au point de se rejoindre par-dessus la tête de la foule qui piétine. C'est le plus beau marché de Paris. Parce que le plus vivant, le plus intime, le plus riche en couleurs, le moins cher aussi pour ceux qui paient, et un des plus fructueux pour les autres qui vont à la pêche mains en poche et œil au sol. Le Berger fourre ses trouvailles dans sa besace. Je marche derrière lui en rigolant doucement, de contentement, car je viens de découvrir le plus parfait compagnon de trimard que je pouvais espérer. J'ignore ce qu'il pense de moi, mais depuis huit jours et huit nuits, j'ai pu apprécier ses qualités étonnantes de vagabond. Avec un type comme ça, je pourrais presque me laisser vivre si je n'étais stimulé par ses exploits et pressé de lui démontrer mes propres connaissances en matière de débrouillardise alimentaire. Et son aspect me ravit. Grand, maigre, désossé, vêtu d'une sensationnelle peau de bique poilue et puante à souhait et d'un chapeau mou, très mou même qui se plie à toutes les intempéries. Je n'ai pas pu m'empêcher de l'appeler le Berger, quand je l'ai rencontré dans un des derniers bistrots arabes de la rue des Charrettes à Rouen et le nom lui a plu, a flatté naïvement son esprit d'intellectuel en rupture de ban, et lui est resté. Nous faisons la paire. Et chacun n'en négligeant pas pour cela ses propres relations, nous formons à cinq ou six une solide équipe, bien incapables de mourir d'inanition ou de geler raides, une bordée de jeunes vieux, ce qui nous a permis, pour un temps, de crécher dans cette fameuse chambre de bonne des Gobelins payée (Dieu sait comment !) huit cents francs par trimestre, mais où malheureusement on ne peut dormir qu'à trois, étant donné son exiguïté, ce qui en oblige toujours deux ou trois à chercher asile ailleurs, à moins que l'on ne s'y relaye.

Ainsi donc, nous sommes en train de faire notre marché. À vrai dire, et l'on s'en doute un peu, il n'y a guère de victuailles éclatantes qui peuplent les trottoirs et le dessous des étalages, mais nous comptons plus sur la quantité que sur la qualité et en fin de compte, c'est-à-dire après deux ou trois allers-retours avec une dérivation assez peu fructueuse dans les ruelles niçoises environnantes, quand nous redescendons examiner notre butin sur un des bancs du square Saint-Médard, nous pouvons constater une fois de plus la prépondérance des légumes sur les fruits. Quant à la viande, elle brille évidemment par son absence. Mais grâce à la bonne mine du Berger, à son sourire enchanteur et digne, le boucher Albert nous donnera notre poignée d'os quotidienne, donc de quoi faire un suffisant pot-au-feu…

Mais aller croquer et grignoter les innombrables radis roses échappés des bottes, comme ramasser les cerises, carottes nouvelles, abricots verts, cosses de petits pois, tomates mûres, etc., ne sert que de complément améliorant de façon gustative l'ordinaire. Quant à celui-ci, mieux vaut le quêter directement chez les épiciers en gros ou en petit. Ceux-ci bien sûr sont pour la plupart de vulgaires marchands de soupe (et ce n'est qu'une image) bien assis sur le cul derrière leur guérite-caisse comme crapauds coassant gueule ouverte, bâfrant boustifaille et pognon à s'en faire péter la sous-ventrière et face fendue du gros rire commercial, devenant brusquement anus bovin pour éjecter et maltraiter l'intrus sans pudeur entré là, pris à la gorge par l'attrait invincible des victuailles, ceux-là mêmes qui rencontrés aux Halles jouent les sérieux, ont définitivement renoncé au quatre-vingt-et-un depuis leur temps de valetaille, comme renoncé aux dépenses inutiles (payer un verre au copain) et se satisfont d'un croissant trempé dans le petit matin. Mais heureusement il y a les autres, les bons gros, les couperosés, les

rigolards, les vivants et les jeunes ménages, les savent-
ce-que-c'est, qui malgré les quêtes incessantes et les
apparitions des quémandeurs munis de leur carnet à
souches, trouvent toujours, un quart d'heure avant leur
fermeture, de quoi caler la joue du pauvre, culs et gras
de jambons et de pâtés, trognons de saucissons agré-
mentés de ficelle, petits suisses poilus, conserves ventrues, poignées de feuilles de salade pour rafraîchir,
quelques-uns allant même jusqu'à escalader un tas de
caisses flageolantes pour atteindre de vieux paquets de
biscuits et gâteaux secs tombant en poussière, des bouteilles de jus de fruits tombées en désuétude, ou des
boîtes d'échantillons d'avant-guerre, nouilles, riz, flo-
cons, semoules diverses (tout cela parfaitement inven-
dable évidemment, mais le geste est là). Il est même
possible si l'on a fait preuve d'un tant soit peu de
savoir-vivre et de politesse réelle, de s'entendre dire :
repasse de temps en temps mon gars, il y aura toujours
bien quelque chose pour toi. Et même se voir gratifier
d'un jour fixe.

Bien sûr ces épiceries bienveillantes sont toujours
échelonnées à des distances considérables, particulièrement répandues aux portes de la ville. Et la concurrence est importante, bleus de Nanterre dans l'Ouest,
clochards et mendigots dans le Centre, chômeurs dans
le Nord, vagabonds provinciaux dans le Sud. Et bonnes
sœurs dans tous les coins. Celles-là quêtant d'un air
austère quoique mielleux et réclamant leur dû, munies
de gigantesques cabas impudiques, exigeant la charité
pour leurs vieux, leurs pauvres, leurs orphelins, leurs
ouailles, leurs communautés, et n'étant jamais satis-
faites malgré la meilleure volonté du monde.

Je n'ai pas de sympathie particulière pour les bonnes
sœurs, principalement celles, les plus nombreuses, qui

n'ont pas succombé à la foi mais à leurs complexes, physiques, moraux, héréditaires, poussées au couvent par leur face camuse, leur œil bigle, leur nez pointu, leur bec-de-lièvre, leur petite taille, leur moustache, et se sont accrochées à cet état de vie latente, embryonnaire, finissant par s'y complaire, y subissant le charme équivoque du masochisme, y goûtant des plaisirs rares et soi-disant plus subtils… Mais je reconnais que parvenues au retour d'âge et ayant gardé un esprit lucide malgré tant de simagrées, certaines ont la tête solide, le bras long, la langue verte, le geste large, le cœur sur la main, une sacrée dose de philanthropie et si j'ose dire des couilles au cul. Il faut les voir cavaler aux Halles, bien avant l'aube, balançant leurs sacs à matelots et raflant sans vergogne tout ce qui leur tombe sous la main plus ou moins comestible… Et à la Villette où elles entrent comme chez elles, et insensibles aux clameurs des bestiaux, naviguent dans le sang, y pataugent tranquillement, les trois étages de jupes troussées bien au-dessus des genoux, les mollets gluants de caillé, baissées, raides comme des paysannes, plongeant les mains et les poignets dans ce liquide révoltant, le ratissant des doigts écartés et crochant les morceaux de bidoche qui y flottent, les viscères partis à la dérive, les tripes, les abats, toute cette merde charnelle capable de révulser le cœur des plus malins, qu'elles happent prestement et enfournent dans leur sac pendu à l'épaule, traçant des sillons boueux, et répondant aussi sec aux plaisanteries assez grosses des maquignons et des tueurs, indifférentes aux terribles coups de gong qui à quelques mètres marquent la fin d'une existence bovine, contemplative et digestive, comme aux éclairs des coups de surin qui égorgent les moutons à la chaîne, et leur besogne faite, elles pataugent encore avant de sortir de là, se secouent dans la cour et regagnent la petite voiture cellulaire à chauffeur mâle qui les attend devant la porte. Allez imaginer maintenant, en dehors de toute psychanalyse, quels peuvent être leurs rêves, domaine où Dieu n'a sûrement rien à voir, moins qu'ailleurs, atroces ou poétiques, sanguinolents ou mystiques…

En dehors des soupes populaires, des fourneaux économiques, des hôpitaux et des asiles, dont la fréquentation est un cercle vicieux, infernal, un vrai métier de cavaleur, et astreinte à des horaires, ce qui n'est pas pour me plaire, mon estomac ayant des exigences incompatibles avec une régularité d'absorption (mais les semaines de malchance, il faudra bien que j'y vienne), chaque quartier de Paris recèle, pour qui sait les trouver, divers et suffisants petits bouis-bouis où (en 1952) on peut se caler les joues pour moins de cent balles et (ce qui est l'avantage premier, sans cela mieux vaut s'acheter des rogatons chez le charcutier, ou dans les gargotes qui vendent de la cuisine à emporter), dont une soupe, la base de l'alimentation humaine, quoi qu'en pensent les gens sérieux. Chaque fois qu'il y trempe sa cuillère le Berger ne peut s'empêcher de s'écrier, avec un sourire béat : c'est bath, la bouffe !

(Quoique je ne prenne garde à ce qu'on appelle l'hérédité, mes père et mère étaient d'ascendance paysanne, et c'est ce qui m'a donné l'amour passionné et le grand respect de la soupe dont la privation est une catastrophe, comme ceux du pain coupé en petits cubes, préférant à tout, déjeuner d'un quignon de pain de seigle et d'un bout de lard d'une main et d'un couteau de l'autre, ce qu'il est convenu d'appeler manger vulgairement.)

Parmi ces restaurants je ne compte pas les trucs

étudiants où l'on mange des saloperies pour une somme tout de même élevée, dont l'entrée est interdite aux barbouseux et porteurs de musette. Mais des rescos qui s'éparpillent au nord des Halles, dans ce quartier mystérieux des rues Greneta, Dussoubs, Marie-Stuart (avec un nom comme le sien elle n'est qu'un nid à clochards, ce qui surprend un peu) et Tiquetonne surtout où se trouvent le Bœuf Gros Sel, et le Bon Bouillon, salles communes basses et sombres (dont je n'ai trouvé encore l'équivalent qu'à Rouen dans une impasse derrière la place du Marché) où les hommes pauvres mâchent et déglutissent dans un cliquetis de ferrailles et de coups sourds mais en silence, chacun étant là pour soi et ne s'occupant que de sa propre affaire sacrément importante. Les seules parlotes ne sont qu'échanges de grognements ou d'aménités, et je regrette pourtant chaque fois que je m'y attable de ne pas avoir de bigophone enregistreur pour capter et conserver ce boucan de soupe populaire et ces maigres conversations, telle celle de mes deux voisins d'un jour, un monsieur fort digne portant col cassé et lorgnons à ficelle noire, manches gluantes mais doigts ornés de chevalières qui, s'adressant à son vis-à-vis, clochard de la belle espèce : Je vous prie, *mon bon ami*, voulez-vous me passer la poivrière ? S'entendit répondre : Tiens, du con, sale-toi l'oignon.

J'ai vu là deux ou trois cas de boulimie. Types ayant pour une raison quelconque touché, trouvé, ramassé ou trombiné la grosse somme, un ou deux billets de mille, et venant les bouffer là, à table pendant deux heures, reprenant quatre ou cinq fois de chaque plat, et ingérant à grande vitesse, laissant les voisins soufflés et même pas jaloux, buvant force litres de rouge sans sourciller, et à la fin s'endormant repus, gonflés, l'âme hilare, l'esprit inconscient, les cuisses écartées, la tête dans les bras, rotant et ronflant, le corps plus vivant que le cerveau, digérant avec volupté. Et qu'il fallait traîner dehors et poser sur un diable, pour balayer la salle.

J'y prenais mon plaisir, là tous les matins (on mange tôt dans ces rescos, dix ou onze heures), créchant à l'Hôtel des Vosges, chez Gallopain, à côté à l'angle de la rue Dussoubs, et picolant à petites journées dans les bistrots circonvoisins, aux Diables Verts, fréquenté par les porteurs nord-africains, au Vélocipède rue Turbigo, et surtout aux Caves Tiquetonne, magasin vide dont j'ai été longtemps l'unique client. Et quand je n'avais pas les quatre-vingts balles nécessaires à un repas honnête, j'avais le garde-manger des Halles à portée de la main, et les mille et une combines sur le trottoir devant la porte. Le paradis des cloches.

Chapitre quatrième

1.

Paradis des cloches. Il est impossible d'y mourir de sommeil. Les piaules et planques y étant innombrables. Tous les trous servant d'asile, de refuge, de foyer, de domicile légal, libre ouverts à tous ceux qui justement mènent une vie solitaire de rats d'égouts, ces taupinières casées, creusées, coincées, carrées, tronquées et tordues, affaissées sous les toits de Paris. (Ce cliché! Mais qui connaît réellement cette merveille? Pas surtout ceux qui en parlent savamment ou en écrivent, font et voient les films classiques, pondent et écoutent les refrains usés, s'extasient sur la poésie des midinettes de gouttière, de la vie de bohème, sur la littérature romantique des Fantômas et des Arsène Lupin soulevant les tuiles comme des couvercles de marmite.) Toutes ces caches sont impossibles à déceler pour le badaud d'en bas qui arpente la rue et lève le nez. Il faut d'abord en avoir un besoin vital, éprouver l'obsession de quatre murs et d'un plafond, d'un abri contre les intempéries en même temps que le refus d'une cohabitation de caserne. Il faut passer comme un voleur devant la loge d'une concierge éventuelle, grimper en douce jusqu'en haut et pousser des portes de cagibis et de débarras, on finit toujours par en trouver une qui cède, elles ne ferment que rarement à clé. Mais après combien de tentatives, combien d'îlots insalubres inventoriés, d'escaliers à plusieurs branches, de couloirs à carrefours, combien d'escalades pénibles ou dangereuses et d'explications à donner aux locataires rencontrés… Or que de découvertes étonnantes !…

2.

Le Grenier des Maléfices. Célèbre dans tout le quartier de la Huchette.

En face de la Belle-Étoile rue Xavier-Privas, sont deux ou trois vieilles maisons dont le faîte est inhabitable aux yeux de la loi et au grand dam du propriétaire qui ne peut en tirer parti. Au troisième étage, on abandonne la grande cage tuilée et plâtrée mais bordée d'une magnifique rampe de bois, on atteint un deuxième escalier qui mène aux combles, six marches étroites, casse-gueule pour ivrognes et un couloir de moins d'un mètre de large où le plafond courbe la tête et les épaules sur le ventre et donne envie de reptation, puis une porte close, sans serrure ni poignée apparente et qu'on enfonce d'un coup d'épaule, le grenier. Trois mètres carrés de carrelage paysan, rouge autrefois, dix mètres cubes d'espace entassés où vivent en permanence quatre, cinq, six individus de tout poil, deux lits de camp de l'armée miraculeusement hissés jusque-là un jour de fortune, trois tas de couvertures sur quoi l'orange d'un sac de couchage fait figure d'étoffe somptueuse. Et un camp de Turcs, d'Arabes, d'Arméniens, de Hongrois du quartier. Comme dans les cellules des centrales, les noms s'alignent gravés sur les parois de ceux qui se sont succédé là, avec des dates et des dessins voulant être obscènes. En se serrant et ne marchant pas sur le voisin, il y a encore de la place. Et pour avoir droit à ce gîte tranquille, il suffit de récolter le tuyau dans un bistrot du coin ou auprès d'un collègue compréhensif, de monter, son paquetage sous le bras, de pousser la porte, de saluer la compagnie et d'aviser une rigole au bas du mur encore vide et de s'y installer pour un temps indéterminé, jusqu'à ce que par exemple, la puanteur insinuante chasse les plus faibles, rebute les moins avertis. Compagnie d'êtres fantomatiques, anonymes, sans âge, qu'on ignore bientôt n'étant là que pour dormir dans un silence respecté. Compagnie des rats chez eux longs comme l'avant-bras. Compagnie des douzaines de bouteilles alignées contre la soupente, non pas vides mais pleines de pisse, car les hommes n'ont pas la volonté de descendre trois étages dans l'obscurité, et soigneusement rebouchées après usage. Il y en a là depuis trois ans et un plaisant a collé des étiquettes indiquant les millésimes ce qui leur donne l'aspect poussiéreux et réconfortant de grands crus. Mais dont l'acide urique s'évade tout de même et vague dans la pièce à la recherche d'une ouverture lui permettant de prendre de la hauteur.

Je n'y ai jamais dormi. Non par sensibilité, car je suis blindé à ce genre d'inconvénients relatifs. Mais par jeu de circonstances, n'y étant jamais allé que pour trouver un copain. Ou écouter les rares intelligents qui y élurent domicile me raconter la légende qui donna le surnom des Maléfices à ce grenier, légende connue et ressassée de tous les bouquinistes et libraires fouineurs des bords de Seine, et qui prétend qu'autrefois cette rue comme ce quartier avait pris cette appellation, après qu'un pauvre homme qui y vivait et s'y traînait à bout de forces crevant de maladies diverses et contradictoires, eut rencontré le diable (qui vivait encore à cette époque, le XIVe siècle je crois) qui lui proposa une bonne affaire, ta vue contre ta santé, tu vivras vieux et toujours en parfaite santé mais aveugle. Curieux marchandage, et le bonhomme d'accepter avec joie, de sauter sur ses pieds et d'aller incontinent vider une chope à crédit, redevenu soudain allègre malgré quelques tâtonnements encore malencontreux et de disparaître pour peut-être éprouver les joies du monde extérieur, tant est qu'on n'entendit plus jamais parler de lui. Mais deux ou trois cents ans plus tard, un édit royal interdisait l'entrée du quartier aux aveugles pour mettre fin aux faux miracles et abus de cinglomanie collective que l'aventure du vieux avait déclenchés en y attirant tous les résidus béquillards et estropiés de la ville. Jusqu'au jour récent où le peintre brésilien Bandera habita seul ledit grenier, arrivant des terres natales, ignorant tout de cette histoire diabolique, et dut le quitter au bout de quelque temps, y ayant, disait-il, des cauchemars, rêvant toutes les nuits qu'un aveugle montait l'escalier, frappait à la porte et pénétrant dans la pièce, s'approchait de lui et promenait ses doigts sur son visage épouvanté, peut-être pour l'identifier ou l'exorciser, si bien que le pauvre Bandera, dont l'âme malgré la culture était restée inconsciemment sujette aux terreurs ancestrales, avait fui pour loger ailleurs, préférant le froid de la nuit dehors aux doigts d'araignée de l'infirme… Je n'en dirai pas plus… Des quantités d'autres types ont créché dans cette piaule, pour qui cette histoire est rocambolesque et prête à rire, mais le nom est resté. Grenier des Maléfices où ne viennent plus cet hiver que les clochards et quelquefois un jeune poète de la rive gauche en quête de reposoir.

3.

Mais ce local hospitalier est maintenant remplacé, jeu fortuit de circonstances, par celui dit des Gobelins parce que se trouvant en bas de ce boulevard des honnêtes gens, où je vais d'habitude à cinq, six heures du matin, le ventre creux, après une nuit de vadrouille, prendre le thé, cette chambre de bonne étroite comme une baignoire, datant des *Mystères de Paris*, dans laquelle vivent indifféremment quelques personnages bizarres. Et pour cela il me faut d'abord me munir de quelques sucres glanés aimablement chez le boucher du coin, la seule boutique ouverte à cette heure avancée, monter six étages à la barbe d'une concierge noctambule qui fait les escaliers à des heures indues et engueule régulièrement tout visiteur, suppléer quelquefois par une accoutumance oculaire à l'absence de minuterie, marcher à pas feutrés ; tirer le bout de ficelle qui soulève le loquet intérieur, il n'y a évidemment pas de serrure, pousser fort la porte mais lentement, car derrière elle il y a toujours un obstacle, généralement un dormeur au ras du mur qui grogne et réclame la paix, frotter une allumette, chercher un morceau de bougie dans un fouillis d'objets insolites ou à défaut dans celui de ses proches poches, se brûler les doigts, reconnaître les habitants du lieu, les saluer poliment, leur susceptibilité étant au point culminant de la journée, marcher sur des jambes, découvrir des pieds qui se hérissent au froid et se rétractent sous les tissus, enfin une vague lueur à la main trouver le coin propice à une station accroupie, laisser taire les commentaires désobligeants, chercher cette fois le réchaud, choisir un récipient propre (c'est un pléonasme) à faire le divin breuvage, surtout pas la théière qui a servi l'été dernier et dont le couvercle laisse échapper des poils follets, bactéries en prolifération, et attendre patiemment que l'eau veuille bouillir, une petite demi-heure, cette eau qu'ils ont pris soin la veille d'emmagasiner dans divers bocaux encore disponibles, cendriers, vases, verres à demi, cafetière, boîtes de conserves, litres blancs, et fumer en silence, gardant au plus profond des narines l'odeur du tabac qui tempère celle des corps, puis cueillir les sucres, se servir un thé brûlant et réconciliant, dont les autres, subitement réveillés, ressentent un violent désir et réclament une part importante, donnant ainsi le signal d'un branle-bas général, les tas de fringues se soulevant, les têtes broussailleuses apparaissant, les mains se tendant, tandis que le propriétaire légitime, l'ami Jérôme, couché tout au fond se dresse sur son séant, tente de récupérer ses lunettes, demande des allumettes, se gratte l'oreille, et se met en devoir d'allumer la Tito Landi, cette lampe chef-d'œuvre que je déconseille amicalement aux cardiaques, son maniement ancien et son contenu, essence pure, étant dangereux pour des doigts inexperts, et d'ailleurs il est de coutume quand quelqu'un tire la mèche et place dessous la torche double de se terrer au plus loin des couvertures et de s'encastrer de son mieux dans les angles afin de parer quelque peu aux explosions relativement fréquentes, au massacre de la dernière vaisselle et au grésillement des toisons diversement répandues. Si fait qu'ayant voulu boire un égoïste verre de thé, je me retrouve serveur de café, répartissant dans les mêmes vaisseaux ci-dessus cités la boisson chaude, partageant les sucres, touillant au fond avec crayons, manches secs de couverts gras, ou branche de lunette, en renversant une part regrettable sur un visage ou une chevelure, me faisant injurier, et n'ayant plus pour moi qu'un résidu tiède où selon l'expression consacrée il y a plus à manger qu'à boire. Mais comme dit Jérôme : de quoi te plains-tu !

4.

Luc m'avait prêté son logement de la rue du Dragon, et la première fois que je m'y rendis, celle-ci s'enfonçait dans un brouillard opaque dont j'émergeai, devant la porte cochère, couvert de buée, comme un couvercle de cocotte. La minuterie était évidemment déréglée, m'obligeant à tâtonner dans le noir, compter les étages et au cinquième, selon mes calculs, tremper mes doigts gourds dans ma poche la plus intérieure pour y trouver le trousseau de clés.

Je tirai soigneusement derrière moi le morceau de tapisserie qui couvrait la porte et m'assis sur le lit pour allumer une cigarette et prendre le temps de contempler mon nouveau domaine éphémère, qui sentait le renfermé, le tabac froid, le papier. La chambre semblait plus longue que haute, le plafond si bas qu'on y pouvait poser la main à plat. Sur la rue ouvraient, ou mieux fermaient deux petites fenêtres carrées vermoulues munies de minuscules carreaux hollandais sur lesquels il avait collé des papiers multicolores du plus bel effet mais nécessitant un constant éclairage électrique. Les murs étaient étagés de planches simples passées au brou de noix et surchargées dangereusement de livres depuis le plancher jusqu'au bord extrême du plafond.

Devant les rayons du bas, des piles de revues et de brochures s'entassaient verticalement, quelques-unes jusqu'à la hauteur de la table, celle-ci couverte, autour d'une cafetière poussiéreuse, d'un fouillis de paperasses, de liasses de grandes feuilles sur lesquelles une géante écriture désordonnée n'avait pu tracer que quelques lignes. À l'autre bout de la pièce, où j'étais, un pan coupé formait alcôve où un lit vaste et défait (comme un visage) s'entourait de la tête aux pieds de rayonnages miraculeusement préservés de l'entassement des livres mais supportant des objets hétéroclites dont pipes, petits Indiens en plomb, masques, paquets de cartes postales, étalage baroque avec bougeoirs de fer forgé, bougies de couleur qui avaient coulé en stalactites maintenant pétrifiées et grisâtres. Et au plafond des cartes anciennes obligeant à renverser le cou pour déchiffrer les contours de pays bizarrement représentés avec leur liséré de couleur fade. Mais assis sur le divan ou dans le fauteuil, on voyait sans difficultés les courbes des océans, les minuscules caravelles peintes, et sur les terres des animaux étranges jaillis de l'imagination enthousiaste (et nourrie aux sources tumultueuses des racontars-récits des voyageurs et témoins oculaires) des cartographes royaux. L'ensemble avait une teinte grise assez proche de l'état naturel des murs mais extraordinairement riche grâce à l'hétérogénéité des formats et des parchemins.

J'écrasai mon mégot et commençai de débarrasser la table. Luc faisait dans ce décor un travail de géant et le monde l'ignorait, le monde s'en foutait, le monde n'avait que faire de ce genre de labeur gratuit qui ne fournissait même pas de quoi alimenter ses sources historiques, le monde était trop plein de sa vitalité monstrueuse et engloutissante pour prêter attention à ce petit personnage anachronique qui sous ce toit, pipe au bec, rêvait les yeux mi-clos et écrivait entre autres une histoire de l'exotisme en France, deux ou trois biographies de personnages absolument inconnus et d'un intérêt relatif, une anthologie des littératures prolétariennes de pays situés au diable vauvert, mais le monde un jour se souviendrait de son existence, de son nom, de son numéro matricule, et viendrait le chercher, lui demander des comptes, l'interroger longuement, de quoi vivez-vous ? Que faites-vous dans le civil ? Vous vous foutez de moi ? Le suspecter, l'envoyer mettre un uniforme et prendre l'air quelque part dans un casse-gueule grand-guignolesque, le monde prendrait possession de sa chambre, où il avait entassé avec tant d'amour tant de richesses, casserait les petits carreaux pour faire entrer l'air, la lumière, le bruit, et le monde généreux offrirait un logis convenable, deux pièces une cuisine, à un retraité de l'administration pensionné et beloteur.

Ce logement que je transformai vite en asile, en caravansérail, ayant planqué le plus possible les piles de livres et de manuscrits répandus, où je ramenai, en pleine crise de claustrophobie, tous les clochards mendigots aumônards flaire-poubelles ramasse-miettes et chômeurs professionnels que je rencontrai en vadrouillant dans toutes les rues de tous les quartiers, les gueux des Halles, des Quais, de la Maube, des Gobelins, de la Nationale, de la Mouffetard, de Bicêtre, de Clichy-Saint-Ouen, et les plus raffinés qui préféraient élire domicile dans les lieux chics, aux Champs-Élysées, à l'Opéra, traînant la savate à travers les terrasses de grands cafés grands hôtels, et surtout les plus intéressants de ces vagabonds étrangers dont je parle ailleurs, faisant passer rapidement tous ces bougres un peu voyants (mais guère plus que moi) devant la loge de la concierge que je scandalisais (merde alors, cette vieille taupe puait encore plus que ces pauvres diables et couchait sur un grabat dont ils auraient à peine voulu, et ce dans l'envahissement odoriférant d'une demi-douzaine de matous), mes deux pièces vite pleines de corps allongés, déguenillés, barbus et sales, devant les fissures des fenêtres cette fois ouvertes qui en évacuaient avec peine les effluves, et les pots louches gamelles litrons boîtes de conserve au beau milieu, mon pot-au-feu ébréché dans quoi refroidissait la soupe, mélange inconcevable de légumes, solidifiée par des kilos de croûtes, ou le traditionnel ragoût-patates baigné de graisse antédiluvienne et quelque peu rance, et dans la cheminée un feu de bois agréable dont le combustible était fourni par les intéressés, morceaux de planches de palissades, de paniers d'osier à fleurs, pans d'affiches rendues épaisses et ligneuses par l'abondance de colle séchée et dont les couleurs fondaient dans les flammes, ce feu devant lequel nous faisions d'interminables belotes, palabrant, jurant, crachant (dans les cendriers s'il vous plaît, merci) fumant, prisant et picolant…

Je me souviens y avoir amené, une nuit d'opulence, une fillette désemparée, une pâle égérie de Saint-Germain-des-Prés, qui, disait-elle, ne savait où coucher, une probablement fille à papa en rupture de vie bourgeoise et excitée (à peine en se forçant un peu) par l'imprévu, et que j'installai à la place d'honneur dans le grand lit, cette petite idiote aux seins bien faits contemplant avec stupeur et vague inquiétude cette atmosphère asiatique au ras du sol et cet aspect surréaliste de librairie abandonnée, hésitant à rester, préférant presque affronter le trop-vide des boulevards que le trop-plein de cette piaule, mais que j'apprivoisai enfin, ayant tiré le rideau de l'alcôve, et que je sacrifiai proprement dans une relative intimité malgré la présence auditive et olfactive des copains. Parmi lesquels Mandibule, qui grinçait éternellement des dents, Bidet, un originaire du Pont de Flandre et Clément, mon préféré, étrange violoniste sans instrument que j'avais rencontré dans le hall du Lido où j'admirais (discrètement, étant donné ma tenue vestimentaire un peu négligée) les jolies baguenaudeuses et aguichais de dignes messieurs, à qui je tentais de vendre des photos de nus dits pornographiques jaillies dans leur ovale bleu du creux de ma main (le plus marrant trompe-couillon à l'usage des touristes, et que je signale à l'attention des vieux schnocks qui ne s'intéressent évidemment dans ces sortes d'achats qu'au caractère artistique et plastique des modèles, car ce ne sont justement que des reproductions parfaitement légales des tableaux du Louvre, odalisques, femmes au bain, à la toilette, jocondes, nymphes surprises, dianes chasseresses si peu pécheresses, toutes en des poses plutôt moins que plus abandonnées, ce qui a pour seul effet de laisser l'acheteur rageur et trépignant, avis aux amateurs, quant à moi j'en vivais), ce violoniste avec qui je cassai la glace, en l'occurrence la croûte sur un banc de l'avenue Montaigne et qui m'étonna jusqu'à l'aube par ses connaissances musicologiques, particulièrement historiques et biographiques, me racontant par le menu, à voix basse, les yeux perdus, les pérégrinations pédestres des musiciens allemands des grands siècles, qu'il avait étudiés minutieusement (quand, où, comment ?) et dont il avait refait les itinéraires, violoneux de grande route jouant au hasard des fêtes villageoises, remplaçant çà et là le chantre ou l'organiste, couchant dans les presbytères et quelquefois de superbes monastères, visitant le ventre vide et le sexe résorbé toutes les églises de Souabe et de Bavière. Et il préférait cent fois crever la gueule ouverte que de devenir musicien pisseux destiné à jouer les rigodons et saucissonneries d'usage dans les bastringues de bas quartiers. C'est en son honneur et sur sa demande que j'avais fait le sacrifice d'un paquet de bougies, dont il aimait comme moi la lumière vacillante tellement plus vivante que celle d'une lampe électrique dont la source est anonyme et canalisée, vivante dans ses mouvements de hanches, dans la variation de sa vivacité, une cosmie d'éclats et d'éclipses, vivante parce qu'éphémère, dont la lueur apaisante ne choquait pas les paupières des endormis, les veillait, s'animant à leur souffle. J'en avais enculé trois bouteilles. Et la nuit souvent, mes élucubrations cervicales et chroniques me tenant éveillé, je restais assis en tailleur au pied du lit, fumant et contemplant mes pensionnaires, déchiffrant leurs visages, leurs mains, violant leurs rêves, leur paradis, écoutant leurs grognements, râles, soupirs, ronflements et toux, leurs éclats de voix somnambuliques. La chambre au ras du sol où j'étais aux antipodes du plafond dont la décoration cartographique semblait immensément lointaine, se transformant peu à peu en fumerie d'opium. Je regardais les jongleries des petites flammes tendre à l'immobilité verticale, mais ne jamais y parvenir, basculant, s'évasant, rompant le charme avec un inaudible grésillement et se redresser, et les tas de vêtements posés en forme de corps humains comme des trucs d'évasion, ces assemblages émouvants de linge laine tissu toile cuir chair chevelure, et ficelles tenant le tout, ces costumes jamais enlevés, jamais lavés, à quoi ils tenaient comme à leur peau, et c'était bien cela, une deuxième peau à même la première, mais plus souple, mieux endossable, l'une glissant sur l'autre comme les parois judicieuses d'une bourse testiculaire, je regardais leurs mains en battoirs d'ornithorynque rouges et bleus.

Et je pensais à Luc. Où était-il? Son absence était incompréhensible. Pour qu'il se détache de sa piaule-coquille, il avait dû falloir un événement extraordinaire, qu'il avait tu, cet homme insaisissable, désarçonnant, cet intellectuel mystérieux, ce follingue, sur qui couraient les histoires les plus invraisemblables : réputation de pédérastie, d'exhibitionnisme, sans parler de ses crises mystiques jamais prises au sérieux, mais qui l'avaient peut-être poussé à faire une cure dans un monastère de province, légendes élastiques comme les racontars, mais basées sur des faits réels, sortant de l'ordinaire comportement, qui me font encore sourire. Il prétendait avoir pour concubine hebdomadaire une maîtresse femme, la veuve Schmidt, dont les copains ignoraient tout, y croyant par politesse, jusqu'au jour où il décida de nous emmener chez elle, nous étions quatre ou cinq, autour de lui, garçons et filles, mettant en doute ses histoires érotiques, et il nous emmena derrière la Bastille, à mi-hauteur d'une maison ancienne, nous fit les honneurs d'un appartement sombre qui avait assez l'aspect d'une loge de concierge, plein de coussins à fronces et de potiches chinoises. Et la maritorne imposante de formes et de chignons étagés en brioches successives qui nous accueillit se leva d'un fauteuil à bavolets où elle s'occupait à quelque ouvrage de dame, nous laissant pour le moins hésitants sur son seuil. Elle devait atteindre l'âge modeste de cinquante ans, se mouvait avec la majesté de Ranavalo, mais eut un sourire du plus gracieux effet pour nous faire asseoir autour d'un mirus tiède, glissa discrètement un billet de mille francs à Luc qui se dépensait en présentations mondaines et lui souffla d'aller quérir du porto et des gâteaux secs, tandis qu'elle préparerait le thé. La conversation se mit à bégayer, mais quand le soi-disant amant de cœur revint avec de quoi pourvoir à nos gestes embarrassés, il pria la veuve Schmidt de venir s'asseoir près de lui sur le bord du lit breton, dans l'entrebâillement de rideaux lie-de-vin qu'il écarta, et la tenant par le bras, la renversa sans plus de façons, lui troussa les jupes d'une main preste et lui tira la culotte, vaste et violette, à notre étonnement on ne peut plus sincère, et défaisant sa propre ceinture entreprit de se livrer à des ébats faunesques, le pantalon descendant par à-coups sur ses mollets maigres et découvrant des pans de chemise légers ; tandis qu'on entendait l'honnête femme protester d'une voix molle : « Mais Monsieur Lortoir, vous n'y pensez pas, tenez-vous convenablement, nous sommes en société, que vont penser vos amis… » On ne voyait plus d'elle que, par intermittence, des cuisses boudinées et nues entre quoi se débattait virilement notre prétendu pédéraste et ce d'honorable manière. On oubliait de finir nos tasses et de croquer nos petits beurres. La bonne femme haletait assez peu discrètement et tendit le cou vers nous pour dire (de quoi nous faire étrangler ou prendre pour le moins un virulent hoquet) : « Reprenez du thé, n'est-ce pas ! Ne vous gênez surtout pas ! »

Et quand notre ami se fut relevé victorieusement et rafistolé, la veuve Schmidt redescendit à terre et, se torchant l'entre-fesses d'une serviette cueillie sous le traversin, se mit à minauder : « Mais croyez-vous, ce Monsieur Lortoir, quel polisson ! »

La réputation de Luc était désormais assise.

Cependant, malgré la quantité appréciable de caches propres à un sommeil rapide mais réparateur, il arrive au vagabond malin de coucher dehors, parce que se trouvant trop loin de l'une d'elles, stoppé par des pieds douloureux, des godasses blessantes, des reins lourds, ou par le froid, ou par la pluie, ou la simple envie de passer la nuit à la belle étoile dans un quartier peu connu, ou le plus souvent désemparé, désorienté, par une biture ardente, qui laisse le réfléchissoir indécis et rend les gestes mous, toutes raisons bonnes ou mauvaises pour parer au plus pressé, découvrir un coin abrité où se lasser, se pelotonner, attendre le jour, voir venir…

Nuits de Paris.

Nuits passées dans les cabanes de la voirie, sur la voie publique, le long des murs d'usine ou des fossés de canalisation, dans ces bicoques en bois solide munies d'un confort certain (appréciable pour moi et relatif pour l'ouvrier) ou sous les simples bâches de toile verte tendues sur un jeu de poutres… Et malgré la pénétrante odeur de gaz carbonique qui émane invinciblement des travaux en cours, je passais des heures heureuses, à dormir vite, selon l'expression juste d'un collègue qui affirmait dormir plus que moi dans le même temps…

Un soir que le froid m'avait chassé des berges de la Seine et que je n'avais pu trouver de place à la péniche du pont d'Austerlitz, il était bien trop tard, je me décidai à remonter sur le boulevard et à marcher jusqu'au petit jour, mais de l'autre côté des bâtiments puants de la Douane, j'aperçus un feu brûlant dans la rue Sauvage entre les rails du train qui tourne à cet endroit et quitte le quai pour rejoindre le réseau de la gare aux marchandises, et m'approchant je vis une tente de gardiens de travaux, en soulevai un coin, mais ne trouvai personne dedans. Je restai un bon moment assis sur un rail les jambes écartées, les mains au-dessus du feu, bénissant ce nouveau miracle, entretins les flammèches avec du bois tout préparé et entassé à portée, en profitai pour sécher mon mouchoir qui en avait besoin, roulai une série de cigarettes et roupillai doucement. Au bout d'une petite heure, le gars s'aboula avec un litre neuf, me considéra un instant puis me fit entrer chez lui.

Sous la bâche il y avait en plus du lit de camp, une longue caisse à outils sur laquelle je me prélassai. Le type, un vieux rouquin qui bavotait, m'offrit à boire, et l'on se mit à picoler à la régalade. Et quand je lui eus, pour les besoins de la cause, raconté quelques tranches de ma vie, il sortit de sa musette un reste de fromage, un quignon de pain et me fit réchauffer du café. Puis il me parla de ses rêves déchus, il aurait désiré devenir garde-barrière ou chef de gare de train vicinal dans son pays, le Rouergue ou le Quercy, je ne me souviens plus, mais n'avait pas « fait assez d'instruction » et pensait crever dans la ville… Au matin, comme il me restait quelques sous, je l'invitai à boire un rhum au café de la Marine, à l'angle de la rue Belièvre, ce clair bistrot bleu où s'en viennent les gars des péniches fixes acculées en dessous, des ateliers de réparations maritimes, les grutiers du quai de la Gare et les ouvriers qui trient le verre à coups de fourche (comment peut-on appeler ce boulot bizarre ? Grattant toute la journée, comme des poules sur le fumier, des monceaux de tessons et de culs de bouteilles répartis par couleur, blanc, vert, bleu, roux…).

C'est dans ce quartier minuscule, préservé heureusement de tout apport civilisateur parce qu'oublié, coincé entre la Seine, le boulevard de la Gare où ne passent que des dix-tonnes, le réseau de la SNCF, tas de maisons à courettes et à gallinacés, que se trouve un terrain vague étroit, plein d'herbes folles, où l'on peut pénétrer et s'installer comme chez soi, que vit maintenant une famille complète, un couple et quatre gosses dans une cabane de deux mètres sur deux. Le père, ouvrier maçon du nom de Bara, habitait précédemment en hôtel, rue Galande, à la Maube, et travaillait dur, mais les gosses gênant les voisins, le patron l'avait proprement vidé, si fait qu'il se trouvait à la rue, au sens le plus pratique, avec sa marmaille, les autres hôtels ne voulant évidemment pas de lui (il avait la prétention exorbitante de faire cuisine et lessive dans la piaule, projet inadmissible aux yeux de tout honnête taulier) et il dut, après une curieuse démarche de réflexion, acheter un poulailler préfabriqué de la taille ci-dessus, et le planter dans un terrain vague de la rue Mouffetard où il n'eut guère le temps de se livrer à des travaux de jardinage, le propriétaire (il en arrive toujours un du fond de sa province dans ces cas-là) le foutant dehors avec pertes et fracas, lui, sa moitié, sa progéniture et son matériel de camping, que pas dégoûté pour ça l'entêté bonhomme alla réinstaller dans ce dit îlot de verdure de la rue Sauvage. Et ils continuent d'y vivre, à l'étroit s'entend, tassés les uns au-dessus des autres comme des bouteilles de vin fin, et devant descendre à la rivière pour faire toilette et vaisselle…

La nuit le jardin du Carrousel change d'aspect au

point qu'il n'a plus rien du somptueux décor diurne, mais devient un univers bizarre et prend un caractère mystérieux qu'accentue le silence. Les longues allées de gravier prennent une teinte lunaire, tandis que les massifs et les arbustes font des taches inquiétantes. Bizarre, mystérieux, inquiétant, parce que des ombres presque immobiles le parcourent, se livrant au manège habituel des voyeurs, maniaques, pédérastes et solitaires de toutes sortes, allant d'un banc à l'autre, attirées comme des phalènes par le feu d'un mégot, tournant autour des très rares couples d'amoureux, approchant lentement du type seul, s'arrêtant à quelques pas, se taisant, attendant, quêtant du regard, puis s'éloignant pour revenir après un détour. Il est impossible d'y dormir, malgré l'accueillante profusion des buissons. Mais les personnages les plus curieux ne sont pas les hommes, mais les femmes, venues d'où ? je me le demande, vieilles pouffiasses laides à faire débander un pendu, puantes et soûles pour la plupart et qui, ne respectant pas la tranquillité relative de l'endroit, clament leurs éructations d'ivrognesses en quête de billets de cent balles qu'elles voudraient aller boire et qu'elles paieraient des pires exigences, venant vers moi bon bougre innocent tout seul tirant sur une maigre cigarette et en proie à des décisions diverses, et me demandant crûment si je ne veux pas *m'amuser*, et tout en lui répondant, je la dévisage de haut en bas et tente d'imaginer quels amusements on pourrait bien tirer de cet épouvantail très peu discret et à quelles complications orgiaques ses « clients » pourraient bien se livrer, les cent vingt journées de Sodome à portée de la main pour une somme à la portée de toutes les bourses, mais je l'envoie balader et elle m'engueule, me traite d'assez belle manière, puis se radoucit, retrousse ses jupes, me fait voir son cul, fessier d'une proéminence énorme et quelque peu callipyge, non pour me faire plus grande insulte mais pour que je sache à quoi m'en tenir sur les avantages en nature qu'elle saurait m'offrir, j'en rigole, ce qui a l'air de la vexer, son honneur là plus qu'ailleurs étant froissé, et je me lève pour la faire décoller, va te faire fiche, au moment où je décampe une seconde arrive, sa copine, et elles s'y mettent à deux, ne me proposent plus un « vil marchandage » mais bien la bagatelle, entre nous, en rigolade, viens là derrière les buissons, tu verras à nous deux on t'en fera voir, tu seras content, et je passe pudiquement sur les détails argotiques précis qui fleurissent leurs propositions, j'ai pu en noter quelques-uns de choix, inédits et hauts en couleur, dans mon carnet portatif, mais je les garde pour une fine bouche, et ne saurais les divulguer. Et cette fois je mets les voiles, m'arrachant à leurs appas.

6.

Nuits de Paris, passées dans le monde opaque et fatigué des salles d'attente. Celle de Saint-Lazare, les tableaux académiques, les affiches officielles lamentables, prenez un abonnement (on ne fait que ça), voyagez à demi-tarif (tu parles) avec des billets collectifs (et comment), gens alignés face à face et aux quatre coins, se contemplant vaguement, sur les bancs étroits, dans les deux gros fauteuils de cuir repérés et tenus jalousement des heures durant, places fortes du confort des voyageurs de banlieue proche-lointaine, tardifs blafards sous le ciel blanc rosé du néon, et ces toujours identiques sans-logis là depuis des jours pour encore des jours, dormant par à-coups, les coudes et la figure sur les genoux, se brisant les reins, oubliant les crampes à venir ou hochant la tête régulièrement qui choit en avant et se redresse à peine à la frontière du conscient et de l'inconscient, ou les paupières battant lentement comme celles des crocodiles mais à l'endroit, les deux vieux mutilés côte à côte mais silencieux, n'ayant depuis longtemps plus rien à se dire, à discuter, à commenter, à souhaiter, et la vieille puante qui fait ses besoins sous elle, là tous les soirs, dans un sac à provisions qu'elle laisse ouvert, parce que sa mise lui interdit l'entrée des toilettes voisines, d'ailleurs payantes pour ces dames, pauvres vieilles qui ne peuvent que rarement aller comme les hommes s'accroupir dans les pissotières, la nuit, guettant les flics (et en plein été aller se laver les pieds dans le fleuve, spectacle qui réjouit fort les touristes en quête de pittoresque, perchés sur la rambarde de pierre des quais et contemplant le dimanche la fosse des animaux exotiques, mâles et femelles qui s'agitent en bas, s'épouillent, dorment, casse-croûtent, et c'est tout juste si les enfants ne jettent pas des morceaux de brioche, et les papas disent à leur petit garçon : tu vois, si tu n'es pas sage à l'école, tu finiras comme eux. Misère ! Et en plein hiver dans les waters des cafés, plongeant leurs jambes l'une après l'autre dans la cuvette et tirant la chasse d'eau par-dessus, puis restant assis en attendant que ça sèche…)

7.

J'avoue humblement (que le lecteur friand me pardonne) n'avoir jamais dormi dans un cimetière parisien. Et qui plus est n'avoir que peu de tuyaux sur la façon d'opérer et les sentiments y ressentis. Seul parmi mes relations, un Lituanien de passage me raconta avoir passé plusieurs nuits à la file au Père-Lachaise, au fond du caveau de la princesse Bibesco, qui a la particularité, à ses dires, d'être vaste, confortable, non humide, à l'abri des courants d'air et *à étages*. Ce même vagabond natif de Riga avait été une fois invité par un mécène (de basse envergure) à une représentation de l'Opéra. Et s'étant intelligemment débarrassé de son compagnon exigeant dès la tombée du rideau, il était revenu à la baignoire qu'ils avaient occupée, s'y était confortablement installé pour le reste de la nuit, y avait merveilleusement dormi, et au petit matin, fait une toilette suffisante dans les lavabos (sans dame-pipi), faufilé au milieu des ouvriers, puis éclipsé sans coup férir, par une porte discrète. C'était comme on le voit un homme de ressource.

Mais Jérôme connaissait fort bien la topographie et les ressources des cimetières parisiens qui ont un charme et une utilisation que soupçonnent bien peu de visiteurs intéressés, telles les fleurs naturelles qu'il est facile de revendre au bord des trottoirs. Il s'était livré au trafic quelque peu illégal des chasseurs de têtes, une histoire rocambolesque mais qui nourrissait son homme à condition d'avoir l'estomac bien accroché. Il s'agissait, aux environs de 1946, époque où les cigarettes étaient encore contingentées donc fort appréciées, de se munir d'un sac quelconque (pommes de terre ou musette) et d'aller trouver le soir de préférence le gardien du Père-Lachaise préposé aux fosses communes, de lui filer quatre ou cinq paquets de gauloises, en échange de quoi le vieux tout guilleret vous emmenait visiter le trou, vous faisait descendre l'escalier d'accès, longer un couloir sans histoires si ce n'est sans odeurs, vague correspondance de métro, et ouvrait avec de grosses clés les chambres les plus anciennes, vous recommandait célérité et discrétion, et s'en retournait attendre la fin de la visite et fumer une des précieuses pipes au coin de l'allée. Munis de puissantes lampes-torches Jérôme et un acolyte commençaient à disperser les rats gigantesques qui en peuplaient l'entrée et dardaient leurs loupiotes sur les tas plus ou moins informes, avançant dans l'ombre proche, s'efforçant de respirer le moins possible, enfonçant dans une bouillasse fangeuse mais craquante, repéraient les corps, saisissaient les têtes par deux doigts dans les orbites, tournaient d'un coup sec, cassant la dernière vertèbre, et envoyaient le crâne dans le sac, en cueillant ainsi cinq ou six, le temps de ne pas tomber dans les pommes et d'avoir les mains poisseuses de « savon ». Et s'enfuyaient le plus vite possible, laissant au gardien le soin de remettre tout en ordre et de boucler la lourde. Puis n'osant tout de même prendre le métro, descendaient à pied jusqu'au boulevard Saint-Jacques, évitant les attroupements, détournant ou faisant se retourner les passants, allaient faire le premier nettoyage, le plus gros, dans une des piaules d'hôtel communes, d'où quoiqu'ils paient avec régularité et affabilité on les éjectait dès le troisième jour. Et le lendemain vendaient leurs bibelots aux magasins intéressés, on devine lesquels. Cette entreprise leur laissant à l'époque (et après force verres absorbés par nécessité stomacale) un bénéfice d'un demi-billet de mille par tête (de mort).

À force de coucher à droite et à gauche, on finit par connaître une quantité de trucs, ficelles, flèches, de piaules et de planques. Et on a vite tendance à s'accoutumer à cette vie de ricochets mais tranquille, à s'acagnarder et commencer à s'en foutre, ne plus s'en faire un brin, sachant bien que le soir même on trouvera un copain capable de vous payer un crème et un croissant, et le lendemain matin, après une bonne nuit hygiénique de marche pédestre et contemplative, la chambre d'un pignocheur intellectuel ou d'une pute à domicile, où de neuf à treize on pourra roupiller douillettement allongé sur un divan ou recroquevillé en chien de fusil dans un fauteuil avec à portée de la main une timbale de thé et un cendrier plein de mégots. La vie est belle. Et que demander de plus ? Dans mon cas, j'en profitais au réveil pour gratter quelques pages de chroniques secrètes sur le coin d'une table et les empocher discrètement avant de filer sur une poignée de mains reconnaissante ou un baiser amical. De vadrouilleur à copain perdu dans la ville, on se file les tuyaux nécessaires pas encore crevés. Et il arrive qu'on s'aboule au petit matin chez un tel, un inconnu, jamais vu, qui vous interroge du regard sur le pas de la porte au moment où il prend son petit-déjeuner, avant d'aller au boulot, on se présente grand sourire aux lèvres, je viens de la part de Jules ou d'Anatole, m'a dit que peut-être vous pourriez m'accorder l'hospitalité d'une demi-journée, mais comment donc, entrez, installez-vous, faites comme chez vous, malheureusement je dois partir, je suis en retard, pouvez-vous faire

chauffer un jus, ah ! Ne touchez pas à ceci cela, bou-
quinez si vous en avez envie mais ne mettez pas vos
cendres sur la carpette, à tout à l'heure. Nombre relativement étonnant (qui suffit à remplir la longueur d'un
calendrier) des types ayant encore le sens de l'hospitalité et du dépannage gratuit. Avec un peu de chance et
de l'entraînement, on peut dormir régulièrement ses
cinq heures de moyenne quotidienne, ici et là, quelquefois par tranches interrompues d'une ou deux, et
trouver le moyen de casser la croûte au bord d'un
évier. Il ne s'agit pas toujours de collègues spirituels
contents d'aider un copain par compréhension rapide
mais souvent de gens dont au départ on peut craindre
les arrière-pensées (comme ces vieillards célibataires,
professeurs de quelque chose ou fonctionnaires
quelque part), mais non, braves types simplement, qui
savent ce que c'est, en ont vu d'autres, ont eux aussi
bouffé de la vache enragée, si ce n'est couché sous les
ponts, et vous ouvrent tout grands leurs placards
comme leurs paddocks, types même quelquefois totalement étrangers on s'en aperçoit tout de suite à toute
tentation du même genre de vie, mais agissant par
instinct, par esprit de pure solidarité, des ouvriers, des
barmen, des gens sans profession évidente, des routiers, équipe humaine capable de vous faire oublier
pendant un temps le dédain, le mépris, l'incompréhen-
sion et la haine de tous les autres, ne demandant pas
d'explication justificative ni de parlotes polies mais
seulement de bien tirer la porte en s'en allant et de
vérifier si gaz et électricité sont coupés. Tout juste si
en filant ils ne vous recommandent pas leur femme ou
leur poule de la nuit encore pageotée. Et ne vous
glissent pas furtivement un billet de cent francs dans la
poche. La discrétion même, et il vaut mieux ne pas

tenter d'obtenir sur ces gestes et attitude ahurissants des explications généralement embarrassées et toujours évasives, si ce ne sont le soir au bistrot d'en bas des confidences accélérées par les petits verres, d'où il ressort clairement que c'est *Lui* le malheureux et moi le chançard, tu vois j'aurais tant voulu mener *Ta* vie, être libre de toute attache, loin de tout souci non élémentaire, pouvoir baguenauder et réfléchir à des tas de choses qui m'obsèdent ou m'inquiètent ou m'emballent et qui me donneraient un reflet de dignité, tandis que je suis là bouclé ficelé momifié dans mon univers de fins de mois, de congés payés, de samedis soirs au cinéma, de dimanche avec les gosses, chez la belle-mère, et pas d'autre distraction évasion que le canard du matin et un bouquin cochon de temps en temps en cachette ou une putain de Saint-Denis, tu comprends j'ai couché avec cette fille comme ça parce que l'occasion en est venue, elle ne casse rien, plutôt bornée, mais c'était un coup à l'œil et voilà il y a eu le gosse et je n'ai pas voulu la laisser tomber, on s'est mariés, j'ai cherché du boulot. *Toi* tu as toutes les chances de ton côté, es capable de faire ce que bon te semble, d'aller au hasard et de pensoter tranquillement, tes yeux brillent. Écoute ma porte t'est grande ouverte et t'occupe pas de ma femme laisse-la gueuler, ça me fait du bien de te voir, de parler avec toi, de t'entendre, tiens raconte-moi ce que tu as fait et vu depuis la dernière fois...

Et comment ne pas faire la vaisselle, rendre de menus services, bricoler, clouer une planche, remettre un carreau dans les waters, passer un coup de torchon sur les meubles pour dépanner la bourgeoise, comment ne pas raconter des histoires merveilleuses, évoquer des paysages humains bistrots et personnages extraordinaires,

discutailler de la formation des planètes ou de la proba-
bilité extraterrestre des soucoupes volantes, débiter par
le menu le dernier crime sur la zone, faire office de
gazette anecdotique, vivante, présente, apporter de la
chaleur. En échange de quoi ? D'une soupe aigrelette,
croûtons et résidus de légumes de la veille, d'un bol de
marc bouilli, d'un lit de camp métallique. Je n'en
demande pas plus. Communauté humaine où les échanges simples et primitifs retrouvent leur valeur propre
extra-pécuniaire.

9.

Pour camper dans Paris (et je prends ici l'acception
du terme affiché pour la gouverne des forains et
nomades aux abords des villes et villages) durant les
belles saisons, printemps et automne, avant et après la
grande vadrouille, il n'est d'excellent que les terrains
vagues (c'est-à-dire vides, ce qualificatif ayant perdu
sa première valeur pourtant judicieuse), et se comptent
parmi eux les talus des fortifs, le Champ des Curés à
la porte d'Italie, les stades herbus, les Buttes Chaumont, les chantiers de démolition ou de construction,
le motodrome de Montreuil... Derrière les grilles, les
murs à demi écroulés, les palissades peintes, on est sûr
de trouver abri-sous-roche, coin d'ombre, pan de terre
douce, trou d'homme, planches et pavés propres à un
séjour hivernal, taillis buissonneux abat-vent, où tous
les flics ne peuvent fouiner, et s'en foutent un peu.
Quittant les environs bistrotiers de la Petite-
Roquette après une demi-biture en compagnie du Berger, vêtu de sa traditionnelle peau de bique et de son
chapeau rond cabossé qui le font prendre pour bala-

deur de chèvres sans troupeau et colporteur de petits fromages, on s'achemine lentement vers le Père-Lachaise, ayant décidé d'aller dormir à la belle étoile tout en haut des buttes ménilmontantes. Et on enfile la rue des Amandiers, courbée comme un arc, populaire et populeuse, pleine de joie, bousculades et caquets des ménagères à cabas, odeurs et fumets des étals à mangeaille, coups d'œil et aperçus sur les entre-seins et beaux visages, bonhomie inattendue des couples de flics. Sur la droite, grimpe le passage des Mûriers, voie cascadante d'aspect toulonnais qui a pour principal centre d'attraction la Guinguette, bistrot à bosquets verdurés toute l'année, où nous allons boire un demi de blanc doux. Avant de recommencer, un peu plus loin, à l'angle de la rue des Cendriers, à la Campagne, bougnat vert à salle de ferme dont la gueule extérieure est assez étonnante à voir, mais difficile à décrire (et chaque fois que je parle d'une boutique ou d'un mastroquet curieux, il s'agit toujours de la même rusticité d'aspect, toit de tuiles, volets de bois, murs qui semblent de torchis, mansardes déséquilibrées, pas de porte à marches descendantes ou ascendantes et quelquefois végétation naturelle, ce qui fait que devant reprendre à chaque fois les mêmes vocables, expressions, qualificatifs et exclamations, je donne l'impression de redites, et d'identité alors que pas une de ces masures n'est semblable à la suivante).

Face à ce bistrot se trouve la double impasse Finet, deux failles de moins d'un mètre de large, parallèles et inhabitables, si ce n'est par des ivrognes en proie à des luttes intestines et stomacales. Tout ce quartier est d'ailleurs fendillé de passages, de culs-de-sac, de ruelles ébouriffées par la marmaille et la lessive crochée à la milanaise, telle la cité Touzet. Passé la place de Ménilmontant, nous grimpons dans le couloir Notre-Dame de la Croix, venelle qui y débouche, presque invisible à l'étranger, d'une longueur extraordinaire et qui monte entre des murs suintants et graisseux, finissant en entrelacs de sentes herbues irriguant des maisonnettes banlieusardes et débouchant sur un terrain vague, monticule couvert de caillasses, de papiers sales et d'orties jaunâtres, d'où l'on voit une caravane de toits et le grand pan de ciel sur la ville. Çà et là des clochards solitaires ou des chiffonniers amoureux et soûlards rêvent béatement à la douceur de vivre et plus intensément au moyen de payer le prochain litron.

Il y a derrière ce bienheureux havre de paix une photo à prendre et que je voudrais soumettre aux fins connaisseurs du paysage parisien : celle d'une gare de tortillard basse sur pattes et envahie par l'ivraie, portant fièrement le nom de la station, Ménilmontant. Vue du pont de la rue des Couronnes, aucun morceau de décor étranger ne vient déséquilibrer cet aperçu de rase campagne ou de petite ville au fond de sa province...

En continuant d'escalader la butte, on monte un escalier traversant une forêt miniature, coupée de jardins potagers, d'une courette de ferme où piaillent des poussins en liberté, grignotent des lapins en paniers d'osier, s'égosillent des coqs vitupérant, et roupille d'un œil fendu un gros matou. Le jarret moins véloce, on parvient au passage Piat qui a la particularité d'avoir deux branches encadrant une maison à balustre et escalier de bois extérieur, et on s'aboule sur le sommet, en plein ciel de Paris, triangle inculte ayant d'abord l'aspect d'un champ de foire et que la municipalité a baptisé du nom de square, bordé par la rue du Transvaal, des becs de gaz à coudes qui ne marchent plus, des maisons villageoises et des murs percés d'habitations, et en contrebas par une autre sente, le passage Vilin (je regrette de n'en pouvoir modifier l'orthographe). Sur ce terre-plein vivote à l'air libre une tribu d'êtres humains, aux pieds plats, au regard chassieux, à la musette porte-bouteilles, aux costards bouffonnants, barbiflards pour la plupart ou affectionnant pour coiffure la crête casoar. Posant nos hardes portatives et nos fessiers terreux sur le bord d'un talus, saluant de plaisanteries assez grosses mais de bon ton en cet endroit les collègues qui tututtent, le Berger et moi entreprenons la confection d'un repas froid, auquel participent diverses bestioles inattendues, araignées, fourmis, grillons, que je ne saurais contempler et inspecter avec minutie dans un coin de la capitale qu'avec une certaine joie au cœur, leur présence étant revigorante et prouvant que tout n'est pas perdu, la vie primitive n'ayant pas encore été totalement foudroyée dans cet univers de pierre civilisatrice.

Bouffarde au bec, ventre plein et œil égrillard, on peut se plonger dans la contemplation du plus beau panorama de la ville (curieux tout de même que les touristes ne connaissent que celui du Sacré-Cœur et ne montent jamais voir celui des Buttes de Montreuil). Et bien tassés au creux d'une ravine, sac sous la tête, et repliés dans la canadienne, on s'en va doucement dans un sommeil réparateur. Au petit matin, les coqs du coin, bien évidemment, nous réveillent, après que nous eussions fait la sourde oreille un bon bout de temps, et pliant bagages, triant les cheveux d'un doigt expert, se rinçant à la bouche de deux ou trois glaviots abondants, on contourne le premier pâté de maisons au bout de la rue des Envierges et on domine la rue Vilin qui dégringole et serpentine en bas de la butte par des escaliers et des plates-formes chaotiques. Mais en haut il y a le Repos de la Montagne, troquet rose en plein vent, accueillant aux traîne-patins et fouille-poubelles, où nous allons petit-déjeuner d'un kawa arrosé de marc du pays. En bas s'étend la ville-lumière, assez grise et terne aux premières heures et je constate une fois de plus que ce n'est pas la nuit qu'une ville meurt, mais en été vers cinq heures du matin, désert de pierre, vaguement teinté de rose pour la note poétique mais surtout pétrifié et sans vie, que seuls mobiles survolent des volées de passereaux et d'hirondelles.

Sous nos pieds s'éveillent les vieilles maisons, craquelées et craquantes, bruissantes de vie secrète comme tronc d'arbre rongé par les termites (et ces grattements discrets qui signalent la présence des voisins de ces caisses à savon, valent mieux, à mon oreille, que le grand boucan, T.S.F., gueulantes, coups assommoirs sur la tranche, tentatives vocales des criards, gémissements de l'amour vache, derrière les parois de carton gondolé des H.B.M.). Masures et hôtels borgnes qui cascadent sur les talus, dans lesquels on ne monte pas au troisième mais on y descend.

Traînaillant dans les rues du quartier colonial (Palikao, Sénégal, Pékin, Gênes), on regagne la rue de Belleville, dont il n'y a plus rien à dire, ce serpent vivant ayant été servi à toutes les sauces, sauf peut-être la faille mince comme un coup de couteau, où l'on ne saurait étendre un bras en largeur qui file derrière le premier bistrot, à l'angle du boulevard. Et l'on va passer une matinée qui s'annonce pluvioteuse à la Taverne de Belleville, le fief incontesté et en quelque sorte club privé des beloteurs des quatre arrondissements. Ayant jusqu'au soir perdu et gagné de quoi boire le nécessaire avec M. Félix et le tailleur Djermadjian, dit Moïscher dans l'intimité cartonnière, on s'en va courir les filles, car avec ou sans fric, le carrefour du métro est le paradis de la greluche et des alouettes à plumer. Aux abords de ce quartier on rencontre de temps en temps quelque paire de femmes mûres ou encore jeunes, vers l'avant-dîner, ou tout de suite après, semblant examiner avec minutie et commentaires exclamatifs l'architecture biscornue et tarabiscotée des maisons des bords de rues, mais folâtrant du fessier et guettant du coin de l'œil un galant illusoire. Comme dit Godut avec qui je picole ma douzaine de blanc-cassis à la Taverne, face au Théâtre, elles cherchent l'Homme. Et pour ces femmes, mariées, pleines, juives, lentes, l'homme en question ne peut être que le beau mâle dandinant, odorant la sueur des bras et le tabac caporal, roulant ses pipes d'une main, sifflant brutalement en rentrant les lèvres, marchant sur espadrilles, tapant le carton, n'ayant pas de métier avouable, claquant des paumes la fesse des filles, coulant des yeux noirs vers les rombières, guinchant à ravir, portant cravate multicolore ou maillot de treillis, se castagnant par plaisir, fortiche aux appareils à sous, et surtout capable de les clouer net d'un coup de braquemart sur le plumard de pâmoison. Jeu de qualités-défauts assez naïf, au demeurant, mais grandement efficace quand il s'agit de les *posséder*.

Et le Berger était de mon avis chaque fois que je lui proposais de réunir quelques-uns de ces avantages naturels qui pourraient offrir un bon dîner en vase clos et certains exercices assez peu spirituels mais nécessaires à l'équilibre du corps.

Chapitre cinquième

1.

Comme pour l'ouvrier qui mine toute la semaine et au contraire des jeunes et vieux fils et filles à papa qui le voient venir avec des soupirs d'ennui et se complaisent à chanter : je hais le dimanche, c'est jour de fête pour le vagabond. Car la foule descend dans la rue, les trottoirs s'animent, les mégots pleuvent, les pièces de monnaie réapparaissent éphémères, le spectacle est gratuit aux terrasses des bistrots, les gueules s'éclairent d'un sourire, et deviennent quelque peu compréhensives, les cafés bougnats sont pleins de joueurs de belotes patentés et il y a toujours une place de quatrième à prendre quelque part, comme une consommation. Et la vie des vagabonds, comme celle des chiffonniers, des bouquinistes, des touristes de basse envergure, des fouineurs, est réglée toute la semaine par le calendrier des marchés, lundi mercredi et vendredi rue des Morillons, jeudi au Kremlin, samedi à Saint-Ouen, dimanche à la Mouffetard.

C'est jour de fête et avec Jérôme quittant le taudis de Maubert, on grimpe jusqu'à la Contrescarpe, la plus belle place de Paris avec ses hôtels qui prennent du ventre comme des trop-nourris (quel paradoxe !) et ses hommes qui dorment sur le trottoir de la rue Lacépède. On va boire un rhum chez René, ce café incolore dont le néon n'éclaircit que l'avant-salle. C'est le premier ouvert. Il est cinq, six heures. Les gars de la voirie y viennent prendre leur blanc de mise en train, leurs balais en faisceau devant la vitrine et se passant le dos de la main sur le front luisant de fatigue avant d'aller torcher les ruisseaux ou coltiner des ordures les narines blindées, d'évacuer ces déjections innommables, ce fumier humain, dans le bruit de ferraille rouillée et grinçante des Sitas.

Bébert, l'homme à l'œil de verre, essuie placidement du coin d'un mouchoir gris et raide sa petite bille de verre opaline qu'il vient de faire gicler de sa paupière maintenant fermée, lisérée d'un filet rouge. La fatigue me fait mal, explique-t-il, mon œil pleure et faut que je le nettoie de temps en temps. Et d'un coup de pouce il le remet en place, le visse, le tourne face au monde dont il ne peut contempler le relief, la perspective de ses paysages étant faussée, mais cela ne le gêne en rien, car de toute façon et de toute évidence il prend l'existence par le bon bout. On boit notre rhum en regardant dans la glace la gueule de tous les matins, plus ou moins râpeuse et défaite, guettant le bleu pâle du ciel au-dessus du quartier Monge.

On sort en relevant le col parce que c'est à cet instant que le froid de la fatigue fait frissonner les reins, passe devant la grille où dort toujours le même recroquevillé, la tête bizarrement soulevée de terre, son oreille ne touchant pas le sol, et descend voir les copains et copines de la Saint-Médard, les biffins qui (tôt arrivés, à trois-quatre-cinq heures de la nuit d'hiver, pour avoir la meilleure place qu'ils marquent de ficelles, de pavés, de journaux, tandis qu'ils vont boire un jus mauvais) viennent vendre leur camelote, ces objets hétéroclites dont échappe à première vue la valeur marchande, morceaux de tissus et de vêtements, godasses dépareillées, soucoupes ébréchées, réveille-matin sans aiguilles et vides probablement, jeux de clés, poignées de clous, cartes postales, journaux maculés, jusqu'à des morceaux de planches coupées et assemblées en margotins. L'énumération exacte serait trop longue de tout ce qui aux Puces officielles de Saint-Ouen serait considéré comme de la drouille, mais qui permet quand même aux habitués de gagner leur sac avant midi, comment bon Dieu ? À raison de dix ou vingt francs pièce, et d'où vient cette cargaison ? Des poubelles dont les chiffonniers savent tirer parti et fortune, et que quelques-uns de ces biffins font tous les matins de la semaine, en clandestins, se cachant pour ne pas se faire vider comme des malpropres par les réguliers, ceux qui ont une carte et une raison sociale. Des poubelles et d'innombrables combines depuis la chaise de square esquintée, peinte en vert, fourguée quatre-vingts balles, à la sienne propre en paille ou en vieux style normand à cuir que le malheureux se décide à lâcher pour trois cents francs, quitte à ne plus jamais pouvoir s'asseoir chez soi que sur une caisse en attendant de vendre aussi celle-ci. Misère hurlante des vieux… Derrière la rue Gracieuse, le ciel s'éclaire, trop lentement au gré des trois petites vieilles qui sont bouquinistes sur les quais dans la journée (et quelles bouquinistes !), pour l'instant assises tassées sur des pliants et discutant âprement, non de papotages cancaniers mais des moyens d'existence, leurs coudes repliés au plus profond de leur poitrine creuse comme des pattes de criquet, les épaules en arceau à force de les serrer sur les bras. En face une autre dort contre une gouttière. Les hommes amènent de l'autre bout de Paris leur marchandise dans des caisses à roulettes, des voitures d'enfants, de grands sacs jadis à pommes de terre qui leur battent les mollets, ou la sortent des cours intérieures des maisons voisines où les plus riches ont leur cache…

Au milieu de la rue, Marceau reçoit. Cet épouvantail à moineaux qui mange sa barbe, dont les yeux sont à peine discernables sous sa casquette et qui n'ayant jamais rien à vendre, distribue les places dans l'ordre d'arrivée ou à la tête du client, élevé d'un accord tacite à la dignité d'organisateur de foire, ce qui lui rapporte pas mal de billets de cinquante et cent francs, et encore plus de rouges, une planque idéale. Mais qui n'est rentable qu'un jour sur sept. Or il faut vivre le reste de la semaine, et pour les besoins de la cause, Marceau a deux femmes, train de vie étonnant mais d'un rapport relatif quand il s'agit de personnes du sexe dont les appas ne sont pas évidents à l'œil nu. Marceau à qui vient d'arriver une bonne histoire qui en fait la vedette du quartier. Parti un soir pour une biture lointaine vers les quais de Charenton il disparut pour un temps assez long, jusqu'à ce que la police retrouve un cadavre au pied d'un platane et vienne chercher sa femme (l'officielle et la seule à l'époque) qui le reconnut indubitablement et se fit payer les litres de consolation par toute la rue Mouffetard sincèrement émue et compatissante, et remettre le produit somptueux d'une quête effectuée bénévolement par un collègue compréhensif, et le boire, quand, miracle ! Le Marceau réapparut un matin, au coin de la rue Tournefort, aussi vert et fier d'allure quoique éméché et tenant en laisse une fille qu'il présenta aux collègues ahuris comme sa digne épouse, au grand dam de l'autre qui le couvrit de malédictions. Mais tout s'arrange et après une cuite inévitable, le trio vit en parfaite entente, ès lieux secrets et endroits publics. Quant à la police, elle a rayé Marceau de la liste des vivants et l'a enregistré comme décédé accidentellement. Point à la ligne.

À huit heures enfin, Olivier ouvre son bistrot. Les Quatre Sergents de La Rochelle, cette salle à manger familiale roussie depuis cent ans par la fumée des pipes puis des mégots, papillonnée de couvertures en couleurs du *Petit Journal*, et agrémentée d'une banquette à crins étroite comme celle d'une Brasier 1911 et d'une planche à usage de banc où il fait bon boire au comptoir, assis le dos à l'aise, en honnête compagnie, la chaleur et l'intimité y attirant plus que de coutume les biffins qui passent régulièrement la porte toutes les deux minutes, n'ayant qu'une idée quand ils tapent la semelle devant leur étalage, celle d'aller s'en jeter un, et qu'une aussi quand ils sont dedans, celle de ne pas laisser échapper le client possible, l'affaire éventuelle qui paiera le prochain verre, circuit économique mais cercle vicieux, la maison de campagne et la pêche à la ligne n'ayant jamais fait autant figure de châteaux en Espagne. Misère de Misère.

Quant à Jérôme et moi, n'ayant qu'à regarder, qu'à écouter, qu'à émettre diverses et brèves opinions, à saluer les arrivants, sommes assis dans le coin, rivés là comme des clous, bien au chaud, attendant la fin de la matinée pour nous mettre en branle et en quête d'un repas chaud et substantiel. Il fait bon. Tous ces gars-là sont nos copains. Il n'est que de guetter l'extraordinaire. Duval le peintre-biffin de la rue Visconti vient nous rejoindre, une pioche cassée sous le bras, s'installe et, après la demi-heure de silence nécessaire à l'élaboration des idées, parle de la réfection de son imperméable qu'il a entreprise la semaine précédente, demande notre avis sur l'emplacement judicieux des boutons, particulièrement de celui qui doit protéger le col de chemise, il rigole, comme toujours, encore un qui ne s'en fait pas, s'en fout, nage béatement entre deux âges et deux soupes comme un poisson blasé.

Maintenant la Mouffe est pleine. Clochards, marchands, ménagères, et baladeurs, rôdeurs du dimanche, petits rentiers du bas des Gobelins qui la montent lentement, tournent à droite et redescendent vers la ville anonyme. Foule dense et élastique. Paysage humain où l'on se sent les coudes, d'où les touristes sont éjectés. C'est le moment de faire un tour. Celui des bistrots où l'on trouve toujours un godet ou un billet de dix francs, nos relations étant évidemment étendues aux quatre étages de ce peuple. Une station chez Raymond s'impose, cette étroite cuisine de ferme. Tous ces cafés ayant leur personnalité comme le visage des consommateurs.

Et le jour de fête commencé à l'aube avec le froid finit à la nuit avec la chaleur, en douze heures on a fait les douze bistrots échelonnés sur deux cents mètres, il faut bien ce temps quand on considère l'évidente familiarité qui lie ces gens-là qui sont tous cul et chemise, et l'un ne va pas sans l'autre, et emmener le copain prendre un verre signifie boire (je ne dis pas payer) une tournée générale aux frais de qui on ne sait jamais trop, toujours les mêmes qui paient disent les uns, on remet ça disent les autres, sept-huit-neuf verres coup sur coup et cul sec, les jambes vite flageolantes et les œils ravis. Très rares bien sûr ceux qui ne picolent pas, comme Mlle Léontine, la petite vieille de tout à l'heure, qui range son pliant et étale sa marchandise, une belle pipe, un corset rose à baleines fraîches, une boîte d'épingles de sûreté, des tas de chiffons, des semelles d'escarpins, des paquets de papiers soigneusement ficelés... la seule femme du coin avec laquelle chacun se doit d'être poli, aimable, serviable, affable, et d'aller d'abord lui souhaiter sa recette, sachant pourtant qu'elle ne tirera pas deux cents balles de tout son étalage. Heureusement qu'elle mange si peu, qu'une salade, un œuf dur, lui suffisent le soir, comme le matin un café avec des tartines, et un paquet de margarine lui faisant cinq jours. Vivotant dans sa pièce de la rue Princesse, à mi-hauteur d'une maison-attrape, où les escaliers forment un labyrinthe de foire où le premier venu erre au hasard, trébuche, use ses allumettes et se retrouve sur le rebord d'une fenêtre (n'étant même pas capable de découvrir la concierge qui loge au quatrième), une pauvre mansarde qu'elle a pavoisée de branches de sapin, souvenir obsédant peut-être et qui doit prendre des proportions tragiques, d'un voyage de jeunesse dans les forêts des Vosges. Devant la fenêtre un assemblage de fils de fer et de fragments de sommier d'un lit-cage soutient une haie de petits arbres de Noël, raides et verts, encore capables d'éclairer la cour en gueule de puits. Et Mlle Léontine est une des plus ferventes lectrices des quais. Je ne l'ai jamais vue qu'un livre à la main, dévorant avec un pareil ravissement un roman-feuilleton ou des classiques illustrés.

Mais dans les bistrots c'est le grand cirque. Tout le monde est là. La grande famille des biffins et des picoleurs. La Bretonne, la larme à l'œil, la poitrine montagneuse boudinée, la taille petite, la mèche folâtre, l'haleine pestilentielle, pousse sa romance et conspue la *bourgeoiserie*. Le grand Dédé le routier menace de claquer le beignet de son voisin. L'Américain, coloré au rouge, nasille son argot de la marine terrestre. Et Claude, l'inévitable, le grand, le superbe, la casquette chiffonnée, le nez poilu, les manches retroussées, le sourire lame de couteau épanoui, exhibe fièrement des photos que l'ami Doisneau a prises de lui et de sa légitime. Ça vaut bien le coup de rouge. Photos sur lesquelles on voit le Claude, docker par profession officielle et tatoué par nécessité, allongé comme un nabab sur son plumard devant l'étonnante galerie de pin-up déshabillables et lascives qu'il a punaisée aux quatre coins de sa piaule, leur soufflant au cul la fumée de sa sèche, étalant complaisamment les tatouages qui ont établi sa renommée, les deux roses des vents aux épaules, la grappe de raisin, la fille à poil qui bougent sur ses bras, les bracelets fatidiques, et les multiples points bleus qui additionnent les mois de cabane, comme il se doit, et les autres qu'il ne montre qu'aux initiés, tel Giraud qui l'a photographié sous toutes les coutures dans son bouquin (ce n'est pas de la publicité de petit copain, mais nécessité de digression, et j'y tiens). Mais la gloire et les revenus de Claude ne viennent pas que de là. Monsieur est aussi l'insensible, l'indolore, l'homme à l'épiderme caparaçonné, et se plante des aiguilles, des épingles, des clous çà et là dans la peau au choix de l'amateur qui paie la tournée, se triture les fanons du cou et les transperce, le gras des avant-bras et se les traverse de part en part, et si vous pouvez y mettre le prix, se décorera le gland d'un faisceau touffu de petites aiguilles, un spectacle qui fait pâlir et hoqueter les jeunes touristes. Mais en général, tout se passe entre amis, chez la mère Marie, à l'angle de la rue du Pot-de-Fer, où les rouges sont à douze balles, et dont la cave est accueillante à certains qui ont besoin de se refaire un brin.

Et maintenant un tour au Vieux Chêne, cet historique tapis-franc d'une belle époque, beaucoup plus favorable à des gens de notre espèce, le Mabille des Chiffonniers, asile diurne et nocturne des pickpockets et des flics costumés, dont l'enseigne est impressionnante, une des plus belles du quartier pourtant encore prolixe en cet art populaire, un arbre superbe taillé plein bois, qui s'affaisse doucement et glisse le long de la façade ventrue. Maintenant fréquenté assidûment par les biffins et les pilons de Nanterre redescendus de là-haut, parvenus là à petite vitesse mais boussole en tête malgré les innombrables bistrots qui jalonnent l'avenue de la Défense, dépensant ici le reste de leur ferraille péniblement acquise, résidu du pécule dérisoire que leur alloue l'Administration pour un boulot inepte (voir quel, page suivante). Il y a autour du comptoir, ou déjà affalés au coin des tables tous les copains connus à la Maison, ceux de la première section, la Légion, qui comprend exclusivement les mendiants libérés, entendez ceux qui viennent de tirer un mois ou deux à Fresnes ou à la Santé et qui se doivent taper quarante-cinq jours de peine accessoire, le joli nom, dans un décor de centrale, longs couloirs à étages, collection de cellules dûment bardées de verrous géants dont le seul aspect évoque pour le familier un bruit particulièrement pénible au petit lever, flic dans son mirador central qui lorgne les va-et-vient, cour de collège plantée de caillasse écorchante et de platanes rabougris où tournent en rond les pensionnaires, ateliers pleins de résonance, cet univers de béatitude planqué derrière une porte lourde, si fait que le visiteur du dimanche ne voit qu'un parc jardin, fort agréable à l'œil, Nanterre n'étant d'abord qu'un immense asile de paix, profusion d'arbres verts, de moineaux, de bancs, de sœurs infirmières, d'hommes en bleu se baladant l'âme tranquille sous les arcades des pourtours, bâtiments de briques, et cimetière personnel où les noms sont crochés comme des étiquettes encore infamantes. Mais une liberté relative règne tout de même dans le domaine de la Légion, où les hommes ne sont enfermés que la nuit, deux par cellule et peuvent vaquer le reste du temps à de menus travaux, en l'occurrence l'épluchage des haricots, tas de graines coulés sur les tables des ateliers, triés minutieusement, dépouillés de leurs débris animaux, végétaux, minéraux et remis en tas soigneusement pesés, ce qui rapporte la somme intéressante de deux francs cinquante du kilo, de quoi gagner, si l'on en met un coup et ne se laisse pas distraire par le silence général, vingt ou trente balles en fin de journée. Heureusement la soupe est prise en commun dans un réfectoire éphémère installé dans les couloirs. Et les gardiens ont des blouses blanches. Sans commentaires.

Tous les mendigots, vrais ou faux, fauchés ou fortunés s'y retrouvent à intervalles réguliers, les pilons qui tendent une jambe dépareillée aux abords des correspondances métropolitaines, et les spécialistes de la manche qui présentent casquette ou béret basque aux lieux-dits de stationnement interdit. Spécialistes ou non. Car tout libéré des prisons de la Seine n'a en poche que de quoi se précipiter au plus proche bistrot pour boire à la régalade et voir venir, trouver un boulot, n'importe lequel pourvu que j'en sorte et n'y retourne pas, mais plus facilement (au bout d'une demi-journée) un piéton qui a encore le geste facile, un consommateur qui considère la chose avec compréhension. (Et les pauvres ne vont plus à la porte des églises, pour la bonne raison que ces lieux ne sont plus fréquentés par des gens charitables, mais bien seulement par des égoïstes qui courent s'y réfugier peureusement, se serrant les coudes dans ces hôpitaux du silence comme dans le réconfortant ânonnement anonyme des prières et psalmodies, quand le monde extérieur leur fout une trouille verte, les prend aux tripes et menace de les noyer vifs dans la merde nationale. Et les pauvres ne sont plus à la sortie des cathédrales parce que les flics y maintiennent l'ordre et les feraient déguerpir avant qu'ils aient pu seulement tendre le regard vers les autocars de touristes pour qui la mendicité est plaie répugnante quoiqu'inhérente au pittoresque de leur catalogue.)

Il y a là Oudinot, l'ex-assassin du Bois de Boulogne, l'habitant résiduel du boulevard Suchet, non pas précise-t-il des maisons bourgeoises, mais des buissons vis-à-vis, et qui tint la vedette des journaux et magazines spécialisés, photos et détails hirsutes, lors de la découverte jouxte son gîte d'un cadavre encore frais, ce qui en a fait un héros et son principal titre de noblesse.

Et il y a surtout Joséphine, l'hermaphrodite, parfaitement ! l'homme-femme (ou femme-homme selon l'humeur) qui n'a jamais voulu défaire son pantalon devant moi, à mon très vif regret de ne pouvoir contempler cette merveille et voir de quelle façon se pouvaient chevaucher deux sexes. Officiellement il est femme, la préfecture l'ayant obligé depuis de longues années à porter ce prénom d'impératrice et à se vêtir de robes rapiécées. Mais pénitentiairement elle est homme, ce qui améliore l'ordinaire de bon nombre de ses compagnons de cellule. Halte-là, proteste-t-il, je ne suis pas une tante, quelques mignardises comme ça je ne dis pas, mais j'aime mieux les femmes, les gouines surtout que je séduis facilement vu mon accoutrement et qui une fois en position s'apercevant de la chose ne gueulent pas trop parce que je sais les contenter à leur manière et elles peuvent m'en faire de même. Et pour ce, probablement, l'administration l'a foutu(e) avec des hommes, fermant les yeux par habitude sur les distractions de chambrées, mais voulant éviter une trop grande perturbation gougnottière dans le quartier des femmes. Incomparable Joséphine qui, dans le civil, porte falbalas, souliers anciens et perruque blonde, fait profession de ténor, pardon de cantatrice (prétendant avoir grimpé sur les planches sous le nom de Mlle de Werther de l'Empire) et qui dans les couloirs fatidiques où je le rencontrais portait gueule rase, bouche en coin et bavante, menton pendiculant et costume habituel des bagnards, casaque grise, maillot rayé et brodequins énormes.

2.

Avant la guerre, existait dans le quartier Saint-Paul, rue de Fourcy, je crois, le plus étonnant des lieux publics, un bordel pour clochards. Ce foutoir maintenant disparu, si ce n'est de la mémoire des usagers, et dont on devine mais regrette l'atmosphère, était composé de deux pièces, le Sénat où le tarif était uniformément de dix francs, et la Chambre des Députés où il variait selon l'humeur et la qualité autour de quinze. Il est plaisant d'entendre une vieille qui pensait y finir ses jours de pensionnaire essayer de retrouver ses souvenirs sur l'extraordinaire théâtre héroïco-comique qui s'y produisait : un vieux clodo à barbouse imposante gueulant et menaçant, levant le poing vers une pouffiasse à bas prix, lui hurlant sous le nez d'une voix plus qu'avinée : dix balles ? Salope ! T'auras pas vingt sous...

Or donc, comment, où, quand, avec qui font l'amour les vagabonds et clochards de grande ville, les affalés quotidiens sur les bancs de métro, des salles d'attente, des bistrots hospitaliers, des squares, des avenues, vivant et dormant à l'envers des autres, au bas des escaliers, dans les encoignures de portes cochères, sous les porches des églises, sur les pelouses des parcs et sous les ponts de la Seine et sur les quais des canaux, partout où est un coin d'ombre solitaire, comment eux qui réussissent presque toujours à dégoter un quignon de pain, une boîte de soupe, un litre de rouge, comment font-ils ? Pas les vieux qui s'en foutent, se contentent de temps en temps, quand ils en ont l'occasion à portée de la main, de s'allonger avec de vieilles rôdeuses qui ont encore les cuisses blanches sous les frusques noires et puantes, la peau du ventre toujours douce malgré le poil gris, et qui dans l'odeur de vinasse, de crasse, les relents de tabac-mégots, de bouches pourries, retrouvent vite les mouvements de reins, les lentes caresses, et parmi les bordées de jurons, les mots-soupirs qui rythment les étreintes. Pas les vieux, mais les jeunes ? S'ils ne sont pas balancés comme des matelots glorieux faisant ravage sur les côtes des fêtes foraines, s'ils ne sont pas à peu près propres et présentables malgré leur pas-bouffé-depuis-trois-jours, et réussissent à « faire » des boniches à la sortie des cinémas ou des filles laides à celle des bureaux, comment font-ils ? Mystère difficile à sonder, car personne n'est plus pudique qu'un traîne-misère, et beaucoup se satisfont entre eux, beaucoup se contentent d'y rêver, l'œil éveillé, et de contempler les affiches, pin-up, stars, porte-soutien-gorges, expose-culottes, paires de jambes qui dressent en l'air des bas couleur chair, la publicité ayant des exigences qui dépassent leur imagination. Combien de fois ai-je traîné dans la ville, fauché jusqu'aux dernières miettes, ne m'arrêtant plus aux devantures des charcuteries mais à celles des lingeries, moi aussi, regardant d'un air lointain mais pénétrant les photos splendides de splendides filles, les poitrines provocantes, moulées dans le doux tissu, puis dévorant éperdument les passantes, assis sur un banc, et tenant une comptabilité naïve, de quoi rire après, de toutes celles avec qui...

Sur le quai de la Tournelle, je regarde un vicieux qui vient d'aborder une chineuse. Il a la gueule de l'emploi, entre deux âges, le col relevé, les mains en poches. Il a dû lui proposer de l'argent pour se satisfaire sur elle, et elle l'engueule. Ni jeune ni vieille, une rôdeuse, sale, les jambes gainées de varices noires et de plaques rouges. Salaud, crie-t-elle, je ne suis pas une putain, j'en veux pas de ton pognon. Sale bête, barre-toi, va te faire mettre ailleurs. Bas les pattes. Et le type insiste, la suit. Elle le menace du poing, d'une bouteille. M'en fous de ton fric, saloperie, il est à moi mon cul, il est plus propre que le tien. Je baise pas avec les cinglés, et je te dis que je suis pas une pouf-fiasse moi, je me vends pas, fous le camp eh, sans dignité !

Je m'approche et le type recule dans l'ombre, entre les arbres. Il a sorti son instrument qu'il braque sur la clocharde qui crache dessus, dégoûtée. Barre-toi, hurle-t-elle, ou je te fends. Le type se rajuste et s'éloigne. Elle vient vers moi. C'est Mimi, des Magasins généraux. Évidemment elle se met à commenter à n'en plus finir cette histoire dégueulasse. Ils sont des quantités comme ça, des follingues qui veulent du vice, on devrait les foutre en cabane, je te le dis, j'ose plus dormir tranquille quand ils rôdaillent par ici ces enfants de putains. Je l'aurais tué si j'avais eu mon homme. Et elle ajoute d'un air entendu : c'est un Amerlock pro-bab'.

3.

Comme tant d'autres quartiers de Paris tel Saint-Paul, la Huchette et Maubert se transforment, là encore non pas d'année en année mais de mois en mois. Ce fief reste le paradis (je veux dire le poulailler) des cloches, mais les facilités de vie oisive et tranquille s'estompent dans le souvenir des anciens et demandent maintenant de patientes recherches quand ce ne sont pas des moyens non traditionnels… Comme (en moins d'un an) ont disparu : le bistrot arménien de la rue Saint-Séverin, devenu un restaurant vide et cher, là où il n'y avait réellement que des aubains de l'Asie Mineure, joueurs calmes de jonchets, buveurs de raki, pignocheurs gourmands de compotiers de légumes confits posés sur les tables à leur disposition (comme ailleurs les bretzels et sachets de pommes-chips mais ici gratuits), des saladiers de choux-fleurs, poireaux, concombres, petits oignons, olives macérées dans le vinaigre s'accompagnant de sauce rouge emporte-gueule, ou de bocaux de fruits exotiques cuits dans la moutarde et sucrés, disposés avec un art somptueux de mosaïque décorative (tels qu'on en trouve encore rue Bergère dans deux bistrots arabisants, l'Algérie et chez Prosper, où cet amuse-gueule de bon aloi se nomme pompeusement la Kernia). Et le restaurant de la rue

Fred-Sauton, où un couple miteux mais compréhensif tenait une gargote à cloches, salle enfumée, table épaisse venant de la vente d'une ferme, deux bancs, pas de couverts, chacun des convives apportant le sien enveloppé dans un morceau de journal, et le menu comprenant invariablement soupe, purée, boudin et frites à des prix défiant toute concurrence, permettant deux gueuletons à la file pour cent balles…

Et les Cloches de Notre-Dame, le plus beau caravansérail de Paris, véritable Cour des Miracles, à l'angle de la rue Lagrange, maintenant magasin sans histoires, mais où des générations de mendiants, de clochards, de vagabonds, de chômeurs, de radeuses, de chiffonniers, de petits brocanteurs, de bouquinistes pauvres ont picolé, bouffaillé, roupillé, roucoulé, se sont soûlés, empiffrés, foutu des gnons, embobinés, balancé des insultes épaisses comme des crachats, ont joué à tous les jeux, à la belote, au quatre-vingt-et-un, à la passe anglaise, au petit paquet, aux dés, au bonneteau, à touche-pipi, à fais-moi-minette, au dur, au mec à la redresse, au bat' d'Af, au tatoué, à l'interdit, au reléguable, au retour de Cayenne, au propriétaire, au millionnaire, se bombardant pourvus de toutes les qualités requises pour être un Homme et épater la galerie. Minable galerie d'ailleurs où la crasse et la vieillesse faisaient leur bonhomme de chemin. Tous les mecs debout, assis ou couchés devant le comptoir n'ayant pour tout bagage qu'un sac à cordes et des souvenirs noyés dans le beaujolais clair. Famille ahurissante dont on évinçait les étrangers, les curieux, les salariés et les jeunes n'ayant pas fait leurs preuves. Rendez-vous quotidien de toute la population mâle et femelle des dix rues circonvoisines. Dès l'entrée le Levantin assis devant son tonneau lui servant de table à tout faire, préparait la popote pour la communauté, indépendamment du patron qui avait sa suffisance à transvaser *son hectolitre* de la journée dans des centaines de verres à peine rincés, laissant au bonhomme la liberté de son petit commerce, cuisine toute préparée, qui lui rapportait gros. À l'aide d'une série de boîtes de conserve de diverses grosseurs, il dosait les rations de soupe, de pois chiches, de fayots, de féculents bizarres, de bouts de bidoche, qu'il vendait à la double poignée, trente ou quarante francs, de quoi se caler les viscères et pouvoir aller boire son content sans ballonnements stomacaux. De temps en temps, il sortait de dessous sa chaise un paquet oblong, soulevait le coin du papier et montrait discrètement une demi-douzaine de harengs saurs qu'il fourguait prix coûtant (disait-il) environ quinze balles la pièce, aux copains meilleurs clients. Il faisait face à la vitre et quand il voyait un gars s'arrêter dehors et hésiter, lui faisait signe et dessinait de son doigt humide, à l'envers sur la vitre, le prix de ses menus. Où peut-il traîner sa grolle maintenant ? Je n'ai aperçu qu'une fois sa casquette à visière rabattue sur un profond sommeil entre deux platanes des quais. Parmi les personnages qui fréquentaient assidûment ce bistrot héroïque je me souviens d'un nègre muni d'une petite rouquine qui avait vendu devant moi une paire de grolles pour trente francs, le prix d'une boîte de haricots. Ce couple d'amoureux d'un âge incertain allait dormir tous les soirs dans ce trou étonnant et équivoque qui débouche par une grille sur le quai du parvis Notre-Dame, où toute la pègre passa au moins une nuit, y faisait l'amour et sécher leur lessive qui dégouttait lentement sur les accroupis, pendant que les rats de taille honnête jouaient aux quatre coins. Nuits mémorables. Mais pour en revenir à ce bistrot regretté, qui était à peu près le seul où les flics fassent irruption de façon régulière et donc prévisible, je veux signaler un système démerdard dont je n'ai jamais fait les frais, mais dont j'admire encore aujourd'hui la subtilité et suis prêt à tirer parti. Un type qui resta anonyme sous divers sobriquets avait toujours à vendre des paquets de fringues, particulièrement féminines, qu'il offrait à très bas prix. Et il y avait toujours à trois godets de distance une bonne femme pleurnicharde qui s'extasiait sur ces tissus et se lamentait sur le besoin pressant qu'elle en avait. Or de temps en temps il arrivait qu'un ivrogne échoué là par inadvertance et navigation terrestre sentait fondre son cœur et achetait la robe, ou la jupe, ou le corset, ou les bas de laine, ou le soutien-trucs pour les offrir à la vieille pute qui se mettait incontinent à minauder et frétiller du croupion comme une jeune pisseuse, offrant en échange au galant des privautés libertines sur une des rares banquettes disponibles. Le bonhomme était ravi, mais s'apercevait souvent que sa conquête refilait discrètement son cadeau au malin qui s'empressait de filer pour recommencer ailleurs. Cela finissait par une castagne inévitable avec verre pilé et grandes gueulantes. Quant à la petite rouquine ci-dessus présentée, je la vis un soir revenir près de son homme et lui dire d'une voix douce : J'en ai fait deux à cinquante balles. Ce qui pour le moins contribue à la baisse nationale et faillit m'aiguiller illico sur la jouissance de ses charmes relatifs. Mais c'est une autre histoire.

Aux dernières nouvelles le Levantin est homme-sandwich et a plus l'aspect d'un noyé en Seine (non pas la bouffissure mais la teinte verdâtre) que d'un quignon fendu de trois rondelles de saucifflard (l'image est d'un voisin et je lui rends son dû).

Et maintenant le néon envahit les boutiques des rues les plus sombres. Il reste encore rue de la Bûcherie des corridors et cours intérieures éclairés par des quinquets, des lanternes sourdes, des lampes à pétrole, des phares de fiacre, à l'abri du vent dans un verre épais plus opaque que transparent, mais ce sont objets de curiosité. La lumière bouffe tout. La nuit dans la ville se réduit à une poignée d'heures. Les barres de métal chauffé à blanc rongent les orbites, tournoient sur leur axe sous les yeux cillants et clignotants, et ce ne sont pas les heureuses girations solaires des becs de gaz, mais la fatigue mise à nu, les rides creusées, les fronts moites, le regard brûlé, le mal de crâne, le cancer du cerveau, les hommes ne pouvant plus espérer se réfugier dans la crasse anonyme patinée et tiède de murs lézardés mais devant rester debout en équilibre instable sous la lumière glacée en proie à l'onctueux délire obsédant des tasses de café et verres de rhum sur un comptoir aurifié comme un dentier de luxe, car déjà depuis longtemps, le bois chaud et doux au toucher a disparu des lieux publics, et les tables recouvertes de froide galalithe ne sont plus accueillantes aux bras et joues des dort-debout qui voudraient payer du prix d'un verre celui d'une heure de sommeil.

Ainsi aux Cloches Saint-Séverin (l'ancien Tango du Chat, qui existait encore il y a deux ou trois ans), où pourtant la clientèle est particulière, rassemblant les personnalités du quartier, Robespierre exhibant partout des portraits de l'Incorruptible, son aïeul prétendu (et pourquoi pas ? Aux alentours de la Joliette et de la rue des Fortins, vit bien Edmond du Plessis de Richelieu, rejeton direct et authentique du cardinal, clochard noble et, revendiquant sa lignée, ne mangeant sa mauvaise soupe qu'avec une serviette de journal autour du cou et effilochant ses extrémités de chemise en jabots et poignets de dentelle), Robespierre dont l'industrie principale est le tour de passe-passe, qu'il exécute devant les terrasses ou à l'intérieur des cafés, en claque lustré et redingote de misère, le ratant régulièrement, mais se faisant payer à boire pour sa bonne volonté, dont on raconte qu'il a vendu sept fois de suite son identité, histoire bizarre, assez filandreuse et en tout cas incontrôlable, Robespierre donc, la Boulange, l'Ambassadeur, Coco… tous travaillant à la combine, la chiffe, la basse brocante, les métaux, le papier, les bouteilles, quand ce n'est pas le pilon ou la manche, et toujours sans un, mais passant leur temps assis au fond, contre les tonneaux et les bassines d'eau douce où trempent les patates pour les frites, de cette épicerie-buvette qui cumule les commerces, litrons, pipes au détail, bols de soupe, poignée de frites, à des prix raisonnables mais trop vite consommés. Sur la vitre une inscription au lait de chaux précise qu'on y achète les croûtes au poids et c'est ce qui rend la soupe épaisse et duveteuse comme les légumes hétérogènes qui proviennent de la fauche des Halles. Rien ne se perd.

Il reste heureusement quelques bistrots accueillants aux gens de notre espèce, tel le Petit Bacchus rue de la Harpe, dont l'arrière-salle est le lieu de réunion et d'asile de tous les hommes-sandwiches de la rive gauche, particulièrement le dimanche après-midi (ce qui signifie qu'il n'y a pas toujours de boulot ou qu'on a laissé passer l'heure devant le pinard) quand les autres bistrots sont fermés.

Et tel surtout la Belle Étoile, rue Xavier-Privas, au fond du lieu de dégorgement de ce boyau étranglé drainant toutes les cloches des quais, place minuscule qui contient à l'étroit le Vieux Paris et le Salève, hôtels-

bistrots de réputation assise, et ledit Grenier des Maléfices.

Là, le soir la vie est quelque peu picaresque, dans
une grande mesure picolante et sommeillante. Tous les
industrieux du macadam s'y réunissent en frères, dont
la race disparaît malheureusement peu à peu, comme
ont disparu, dans ce domaine tout de même social, la
progression filiale, les écoles ès démerdage, l'emploi
des gosses et la notion de bande organisée. Demeure
pourtant la franc-maçonnerie des bons conseils. Troquet fumeux sinon fameux où les dames de ces messieurs ne dédaignent pas de venir faire la causette
comme les locataires sis au-dessus, marchands de
quatre-saisons, vendeurs de cacahuètes, artisans, ferrailleurs. Mais l'équipe n'est au complet que quand les
vieux sont là, couche-dehors, traîne-savates, claque-
patins, pioche-poubelles, Coco qui se tape rigolard ses
vingt demis de rouge par jour (comptez voir), Pépère,
les moustaches en croc, qui porte planche publicitaire,
l'Amiral, dit Victor Hugo dont il a la barbouse (quand
l'autre était grand-père), et une belle brochette de Dau-
mier vivants, tous buvant comme des trous force
gobettes de vin clairet et s'en allant quérir la soupe
pour cinq ou six dizaines de francs dans une boîte de
conserve ou une vraie gamelle de manouvrier aux
Cloches Saint-Séverin ou dans les coulisses d'un des
restaurants voisins, couches superposées d'arlequins
où tous les goûts et tous les désirs gastronomiques
peuvent se satisfaire. On ne voit pas là que l'habituel
spectacle des bistrots de dernière catégorie. Mais des
bigornes remarquables par l'ampleur des injures et de
la verrerie brisée, et quelquefois une femme torchant
son momignard qui a le vilain chié clair dans ses
langes. Devant la porte attendent les voitures de ces

171

messieurs, caisses à roulettes, landaus de la belle
époque, hauts sur roues, ou privés de celles-ci comme
celle de Coco dans laquelle il habite, se recroqueville
et dort du sommeil du juste quoique un peu à l'étroit...

4.

Les bistrots de Maubert ne sont pas les trois brasseries modernes qui accueillent les pecquenots et
concierges des immeubles contigus, les balayeurs de
nuit et les noctambules qui vont s'encanailler rue des
Anglais, mais bien les cuisines de la rue Maître-
Albert, cette ruelle en coude qu'évitent les inhabitués,
invisibles de la chaussée, et dans lesquelles on péné-
tre par le côté, empruntant le couloir d'accès aux
étages, et il faut pousser une porte au hasard, la première à tâtons pour tomber d'une marche dans une
salle grande comme une cage à poules, en pleine
famille, avec le comptoir devant lequel un couple
d'amoureux tiendrait à peine, la table à toile cirée sur
laquelle la femme du patron épluche et trempe la
soupe ou fait biberonner le dernier-né, et la double
rangée de cinq bouteilles, vins et apéros dont raki,
qui constitue toute la réserve. Les moutards sont plus
nombreux que les clients. Et s'il arrive qu'on y boive
avec le copain biffin qu'on a sifflé d'en bas et qui en
profite de s'en jeter un pour faire remplir son litre du
soir, le patron remet ça fatalement, et quand il s'agit
de payer, on peut sortir la ferraille, les pièces de
vingt, quarante ou cent sous, une pincée suffira, c'est
l'éternelle défense du franc. Pour ce prix-là on recom-
mence, et il fait une nuit de coupe-gorge quand on
sort de là en se cognant la calebasse au poutrage, il

est trop tard pour entrer dans le suivant, il a déjà bouclé sa lourde et la rue s'est vidée. Les beuveries se font à l'étage. On monte voir. Et tirer un coup avec la voisine. Car de temps en temps, il s'agit bien de ça.

Les grandes heures de Maubert sont celles du matin où tous les chiffes et les brocs autochtones radinent à petite vitesse, leur marchandise-déchets ficelée tant bien que mal sur leurs voiturins, mais déjà classée, triée, répartie en catégories et présentée avec la « fleur » dessus. Et celles du soir, au comptage de la monnaie-métal sur le bord du comptoir familier, par petits tas, assez lentement pour qu'à chaque pile suffisante on commande, savoure et pourlèche le rouge correspondant.

Entre les deux les hommes sont au boulot, distribution de paperasses publicitaires, à l'heure ou à tant le mille (qu'on fout par paquets dans le premier égout, les gens de la rue ayant la désagréable habitude de refuser de prendre le papelard qu'on leur tend, gratuitement !), dessinateur à la craie de couleur sur les trottoirs (rue Maître-Albert habite un anonyme chaudronnier qui fait œuvre d'art non pour glaner des piécettes, mais par *vocation* ; ayant découvert dernièrement et par lui-même qu'il avait du talent, il s'est muni d'une planchette, de quatre clous pour y fixer une feuille blanche, d'un crayon noir, d'une lame de rasoir, d'une gomme pelucheuse, d'un tire-ligne, et s'en est allé droit devant lui, sur le pont de l'Archevêché, a jeté un coup d'œil sur Notre-Dame, et s'est mis incontinent à prendre ses mesures, réglette graduée en main, élevée à hauteur de l'œil, constatant qu'il y avait trois millimètres entre chaque niche, a donc dessiné trois niches d'un tel écartement, et en deux jours de travail assidu et de langue

173

tirée, a reconstruit la cathédrale pavé par pavé, tuile par tuile, oubliant bien de-ci de-là une tourelle ou une statue... mais, dit-il, les gens ne le verront peut-être pas, et s'apercevant à la fin que sa feuille est trop petite pour contenir la flèche et les arcs-boutants de l'abside, ça ne fait rien, dit-il, je collerai un morceau en dessous. Art naïf authentique. Personnage à qui je dois au moins d'avoir regardé attentivement notre église nationale), bookmaker à la petite semaine, tafouilleux, vendeur de lacets et de crayons (objets de peu d'intérêt qui ne sont que prétextes, mais à peu près suffisants pour éloigner les foudres policières), amuseur public de maigre envergure (tel le pauvre Robespierre aperçu hier assis recroquevillé sur une grille d'égout comme un petit tas de malheur), porteur clandestin à l'arrivée des gares ou au départ des Halles, ramasseur d'objets inanimés, chasseur de chats abandonnés que le bonhomme minaudant attire d'un doigt aux clignements douceâtres et saisit d'un revers de main, enfourne dans un sac et s'en va si la bête est belle la revendre le dimanche au marché de la rue Brancion (derrière le buste de M. Decroix, « propagateur de la viande de cheval ») et si elle est maigrelette au premier gougnafron venu.

Mais tout ce beau monde ne travaille qu'à ses heures, bienheureux ignorants de la machine dite pointeuse, et n'aspire qu'à payer les deux, trois litres à 65 qu'on ira sécher lentement sous les platanes des quais, allongés sur un double journal ou un vieux sac (on veut ses aises !), la tête délicatement soulevée en direction du goulot et souvent l'œil plissé sur un sommeil simulé mais vrillant sur les jambes entrebâillées des touristes femelles qui regardent gentiment couler la Seine. Et les récréations bistrotières terminées de bonne heure, tout un chacun regagne sa tanière, sa planque, son gîte illu-

174

soire, les mecs de la Maube se couchant avec les poules. La nuit tombe sur un écheveau de ruelles vides, qu'arpentent seuls de malheureux félins de caniveau.

La population locataire de ce quartier est assez hétéroclite, allant du petit employé modèle qui s'en va le matin au pas cadencé vers les joies du boulot bien fait (je dois ajouter à la décharge de Maubert que ce spécimen curieux est assez rare et en tout cas très vite épinglé, catalogué et méprisé des voisins) au bicot vendeur de fruits légumes sur baladeuse et à la patte folle, vieille tapineuse en rade, qui broute la tige pour une gobette. En passant par le gitan casseur d'autos, la parfaite ménagère, l'ivrogne débonnaire et retraité, le professeur de latin, l'interdit de séjour, la famille de cardeurs, le chauffeur de taxi russo-turc, le mastroquet pantouflard, le taulier receleur, la folle aux oripeaux, les mouflets innocents, le marchand de fagots, j'en passe et des meilleurs. Et tout ce peuple fait une belle galerie de picoleurs patentés, assidus au comptoir que fréquente l'autre population, un peu moins sédentaire, des clochards et des vagabonds mais qui (comme l'eau dans l'huile) affleure sans se mélanger avec la troisième catégorie, celle des Nord-Africains, qui depuis peu tiennent solidement leurs assises rue de Bièvre et au restaurant d'Alger, à l'angle du quai.

En hiver, collés aplatis sur les bouches de chaleur du métro, accroupis en rond se serrant les coudes autour des poêles rougeoyants des lieux dits publics, et en été sur les bords de Seine à l'ombre des peupliers, au fond des arrière-salles de bistrots relativement fraîches, les hommes semblent tous piqués par la tsé-tsé, atteints de la maladie du sommeil. J'ai vu des types capables de dormir vingt heures d'affilée sans grognement, j'en ai vu dormir debout la tête à ressort au-dessus du godet, mais la plupart roupillent assis au creux des bras, ron-flant, éructant et bavotant, insensibles au remue-ménage, au chambard, à la castagne, aux gueulantes et goualantes, et même à l'inspection de ces messieurs. Deux de ces roupilleurs impassibles me viennent à la mémoire, Petit-Jean-les-Vappes (parce que dans les nuages entre deux sommeils écrasés) et Mange-Tout (parce que capable d'avaler à sec n'importe quel mon-ticule de couscous comme tout cru le premier chrétien à passer. À moins que ce ne soit pour la simple raison qu'il passait régulièrement ses vacances à faire les petits pois en Seine-et-Oise).

Mais si, comme la Huchette, Maubert reste le fief incontesté des dix mille cloches de Paris, les moyens de parvenir demandent de jour en jour un peu plus de masturbation cervicale, le gîte et le couvert devenant assez aléatoires. L'hôtel Pécoul, d'illustre mémoire, où l'on couchait il y a encore un an ou deux à l'heure et à la ficelle (voir quelque part au début de ce livre la description de cette agréable et saine position) n'est plus, comme celui de l'impasse Maubert où deux ou trois « fillettes » sur le retour claquaient du talon et de la langue.

Et les amateurs de pittoresque n'y peuvent plus rien voir. Car s'il existe encore rue des Anglais un bal musette avec décor anachronique, tables et bancs rivés au sol (comme les bouteilles interdites à portée du consommateur pour prévenir une bagarre possible), apaches et gigolettes de service, attractions costumées, et java-vache sifflée à l'usage des derniers roman-tiques nocturnes à pognon, ceux-ci ne sauraient que passer vite, filer sec le long de la rue de Bièvre, n'ayant guère envie de s'extasier sur l'architecture ventripotente des maisons et n'osant pas jeter un coup d'œil dans les bistrots. Car les patrons ne sont plus d'accord et la clientèle habituelle encore moins, risquant de hurler à la mort et de tout foutre en l'air si des bandes de cons argentés viennent toucher à leur dernière propriété, la tranquillité et l'animalité amicale de leur cohabitation, et les narguer, prendre des airs dégoûtés ou s'y complaire comme ces rombières d'autocars qui y traînent par couples, espérant quoi ? Car là aussi la vie est dangereuse, interdite au public. Et la plupart des cafés précités sont arabes, donc impénétrables, où le français est langue morte, et l'étranger, c'est-à-dire le métropolitain, éjecté brutalement, le patron se refusant de le servir. Si l'on n'a pas la dégaine passe-partout, barbe de huit jours, mains écaillées de crasse et du sang des écorchures dues à la fatigue, yeux révulsés par l'insomnie, godasses en gueule de brochet et ne sait porter la main à son cœur et prononcer les salamaleikons d'usage, les hommes grondent. Et pourtant quel fantastique social ! Il n'est que de passer le seuil de ces quartiers réservés, de longer la ruelle des Trois-Portes et à l'angle de la rue de l'Hôtel-Colbert, jeter un vif regard à travers la vitre pour tomber en plein Turkestan, caravansérail de la basse Asie…

5.

La voiture d'enfant n'est plus l'apanage des nourrices et bonnes à tout faire, fleurs de squares accueillantes aux pompiers, mais bien celui des chineurs, clochards et chiffonniers, qui ont chacun la sienne, de diverses carrosseries, Trois-Quartiers 1934, Belle Jardinière 1938, Samaritaine de Luxe, mais surtout l'Hirondelle (des Cycles de Saint-Étienne), la plus communément répandue dans le domaine de la brocante, basse sur roues, bleu marine, ressorts à lame plate, caisse profonde et un peu plus solide que carton bouilli, avec plancher découvrant une cache, celle qui servait aux jouets et maintenant de coffre-fort, et l'absence habituelle de capote ce qui permet les jours de grand marché ou de longue vadrouille de construire sur les à-plats un monticule savant de bois, sacs, cordes et papiers, le tout pouvant protéger des intempéries, et dans laquelle l'homme trimbale sa fortune éphémère, bric-à-brac hétéroclite mais dont la valeur marchande est certaine pour qui s'y connaît en ferraille, récolte de la nuit, résultat d'un premier tri au déballage des poubelles, et promène ses menus objets personnels, batterie de cuisine et costume de rechange, le tout en pièces détachées mais suffisant à une existence précaire et surtout extérieure.

Mais Mania n'était pas de la chiffe (où d'ailleurs une femme seule ne saurait se défendre, devant d'abord se maquer d'un ancien) et pourtant sa voiture d'enfant était célèbre dans le quartier de la rue de Seine, parce que pleine de chats, une bonne douzaine, la vieille Russe en ayant la passion et les recueillant, les nourrissant Dieu sait comment, leur apprenant à vivre hors des soucis habituels à l'existence aléatoire des gouttières, tenant les matous en laisse au bout d'une ficelle, cajolant les rejetons dont elle tenait la comptabilité et la généalogie, répartissant et choyant les nouveau-nés dans des boîtes à nouilles, passant ses après-midi et ses nuits sur son banc du square Champion, transformant sa guimbarde en arbre à singes hurleurs, en arbuste rabougri et maigrelet, effeuillé et écorcé qui orne d'ordinaire nos poulaillers, se livrant à une mendicité douce et polie pour subvenir aux besoins de sa progéniture. Elle vient de mourir. Personne n'a su où ni comment, ni dans quel état de dénuement, de faim, de froid (ou d'un coup de griffe d'un de ses pensionnaires qui comme les rats de navire peuvent transmettre à l'homme les microbes du typhus murin ou maladie de Weil), mais sûrement pas d'une suite de cuite, elle ne buvait jamais qu'un peu de lait trempé d'eau. Et personne ne saura ce que sont devenus ses chats, probablement dispersés comme une volée lente de moineaux dans la jungle féline du sixième arrondissement. Le mec à côté de moi qui lit curieusement par-dessus mon épaule et tire la langue d'étonnement m'interrompt poliment pour me raconter d'un air important que les flics ont trouvé la vieille Mania morte sur les quais, les membres épars et cassée en deux dans sa voiture, que les bêtes évacuaient en miaulant de désespoir, et qu'on découvrit sous elle mêlé à un torchis de hardes et de chiffons un mince matelas de billets bleus, une fortune. Encore une !

Combien sont-elles, ces bonnes femmes (beaucoup plus nombreuses que les hommes) qui amassent du pognon Dieu sait comment, pour n'en rien faire si ce n'est le thésauriser, le planquant au plus profond de leur intimité, dans un petit sac noir ballottant entre les cuisses, collant au sexe, tenu par un jeu compliqué de ficelles et d'élastiques dont elles vérifient la solidité lors des satisfactions quotidiennes et du nettoyage, disons mensuel... J'ai connu une vieille tapineuse de Quincampoix qui avait là des mille et des cents et qui se tournait (non par pudeur pensez donc) pour cacher son trésor, le faisait glisser en même temps que son harnais fixe-chaussettes le long de sa hanche et le tassait judicieusement entre ses fesses, se faisant baiser tout habillée, ne déroulant que le haut de ses bas et le cul appuyant de façon rassurante sur son sachet que la queue du client ignorait bien sûr, une folle ! Comme tant d'autres folles, passant leur soirée à coudre et découdre des doublures de jupes, des bordures de corsets, pour soustraire au vu et su des michés non plus des pièces d'or mais des papiers fins pliés tordus mouillés de sueur souillés de crasse et qui collent entre eux comme feuilles mortes pourrissantes. Quand ce ne sont pas des bons du Trésor, des coupons timbreposte. Ou plus sentimentalement des lettres d'amour d'une jeunesse lointaine, chose ahurissante, dont on peut dire qu'elles remontent à la source. Chacune de ces radeuses prétendant (et pourquoi pas ?) avoir connu une vie dorée lors de son jeune âge, avoir été choyée adulée aimée avec passion entretenue sur un haut pied, été reine de ceci de cela ou beauté superbe d'un bordel en vogue, et tenant à en exhiber les preuves, vieilles photos, maillots de bains, robes du soir à plumes, limousines et torpédos, chauffeur et train de maison. Quelle chute dans le néant. N'ayant plus que la consolation d'un litre de gros rouge. Déchéance et Décrépitude.

Mais il n'est pas besoin d'aller jusque-là. Il est une quantité de maraîchères des Halles qui baladent encore leur fortune du jour, leur pouvoir d'achat, dans une vaste poche nouée autour des reins sous la jupe noire à fronces. Les dernières vivandières et poissardes en costume d'époque qui doivent soulever leurs atours, en ayant trois étages (et l'une d'elles me révélait que les trois jupons s'appelaient justement dans l'ordre de découverte, le modeste, le fripon et le secret).

Mais si les voitures d'enfant sont maintenant l'outil de travail des cloches, quand ce n'est pas l'habitation, tous n'ont pas encore cette propriété, ou l'ont perdue un soir de biture, ou se l'ont fait voler par un type sans scrupules, et se contentent d'un sac, vaste et rafistolé, dont la forme pleine en bas et tendue vers le haut évoque assez un estomac, ballottant toute une fortune éphémère et le matériel ad hoc d'une vie précaire, comme la coquille d'un escargot, mais la capacité en est relative. L'homme qui bouffe des quignons de pain et des soupes-farine n'a guère envie de traîner plus de vingt kilos, tandis qu'il peut tranquillement pousser devant lui quatre cents livres de ferraille ou un quintal de journaux tassés répartis sur quatre roues. Et les actions de la voiture d'occasion montent sans cesse. C'est le diable et l'emmerdoir pour en dégoter une, quelquefois auprès d'une poubelle, de temps en temps aux bords des champs d'épandage, rarement sur les monticules de la zone. Et chacun veille au grain. Même s'il en possède déjà une ou deux. Mais je n'ai pas encore rencontré de broc ou de chineur faisant métier de casseur de ces engins, et pourtant il y a fortune à faire, achat vente échange et réparation. Avis aux amateurs. Il suffirait d'un coin de hangar fermant à clé et d'un patient racolage.

6.

Comme le dit le docteur Charles Fiessinger, qui leur consacre une chronique intéressante dans un vieux numéro du *Journal des Praticiens* que je trouvai justement en fouillant un jour dans un tas de revues sur lequel j'étais assis, m'acagnardant, dans la remise des Sauguet rue Saint-Fargeau : les chiffonniers de Paris ont leurs statuts qui datent de Philippe-Auguste.

C'est-à-dire qu'il n'est pas une profession de Paris qui ait l'honneur de se présenter avec des quartiers de noblesse aussi glorieux. Aussi un chiffonnier est-il un personnage. Le sentiment qu'il a de sa place à part dans la hiérarchie sociale le gonfle d'un orgueil de caste. Les mésalliances sont ignorées dans la profession. La fille d'un chiffonnier épousera un chiffonnier. Si c'était un épicier, quelle honte et quel déshonneur pour la famille !

Ce pour l'histoire du vieux Paris.

Et le bon docteur, qui lit dans les livres, de poursuivre par l'éloge de l'honnêteté proverbiale des chiffonniers qui trouvant de temps à autre des bijoux dans les détritus font des pieds et des mains pour en retrouver le propriétaire. Et il ajoute : Chez eux et dans leur logis les raffinements du confort moderne n'ont pas pénétré. Mais leur âme étant pure, ils connaissent le vrai bonheur. La politique les laisse froids.

Mais d'où vient donc l'expression populaire (et le populo s'y entend) se battre comme des chiffonniers ?

Il suffit de lire les journaux et les chroniques de faits divers. Il ne se passe pas de semaine que dans les cités des quartiers périphériques il n'y ait crime ou attentat. Je n'invente rien.

Attaques personnelles expédiées à la va-vite, et rendues nécessaires par les sentiments particulièrement susceptibles d'hommes qui vivent plus près de l'état animal que bourgeois, et quoi qu'en dise ce cher docteur, leur belle âme disparaît vite avec les premières vapeurs de l'alcool. Car à mon humble avis ce n'est pas le sentiment de leur orgueil de caste qui les rend chatouilleux sur le point d'honneur mais l'innombrable quantité de rouges absorbés dans la sainte journée. Chacun d'eux ne connaît de Philippe-Auguste que la station de métro et les musettes environnants, mais sait bien par contre faire fortune en fourguant les rares valeurs métal ou papier découvertes dans les poubelles. Et si la fille de l'un d'eux s'en va se faire conter fleurette et mettre en cloque sur les fortifs par un don Juan garçon coiffeur, le conseil de famille gueule et tempête et tape dessus, non par honneur perdu, mais bien parce que la vaisselle n'est pas faite et que ça fera un marmouset de plus dans la chambre à nourrir et à supporter. Et toute honte bue (c'est-à-dire ces emmerdements d'ordre familial et alimentaire noyés comme chaque soir dans le pinard) la vie continue et les traditions se perdent. Le sentiment de l'honneur est d'abord celui des couilles au cul chez l'homme et de la soupe à tremper chez les femmes. À bon entendeur… À preuve, certains titres de quotidiens : « Drame de la Cour des Miracles à Boulogne-Billancourt. – Après une nuit d'orgie en compagnie de Jésus-Christ, un chiffonnier est tué à coups de masse. » Puis le lendemain : « Au petit jour, Brutus, la terreur des biffins, a fait d'une voix calme le récit de son crime. »

C'est par souci de vérité que j'indique des références noir sur blanc et si je recours à des coupures de presse, c'est que malheureusement je n'étais jamais là à l'heure du crime.

Et je lis dans *Détective*, quant à la morale séculaire des chiffonniers qu'invoque le praticien : « Sur ce qui reste de la zone, entre Paris et Saint-Ouen, Raoul, dit Barbe-à-Poux, qui porte allègrement ses soixante ans, vit dans une cabane avec sa tendre amie, Marie-Jeanne, sa cadette de dix ans. Comme le chiffre d'affaires de Barbe-à-Poux, qui se dit marchand forain, est voisin de zéro, Marie-Jeanne se charge de faire bouillir la marmite grâce aux « cadeaux » des Nord-Africains qu'elle rencontre dans les cafés du coin, ce qui ne va pas bien loin non plus ! Alors Barbe-à-Poux, homme d'initiative, résolut de développer cette industrie et de l'exploiter à domicile. Il attira dans sa cambuse une amie de son amie : Mélina, dont le sobriquet ne peut se transcrire même en latin, tant il est truculent (!). Bref, le forain arrangea si bien sa cahute qu'il n'y manquait qu'une lanterne de couleur numérotée pour la signaler aux chalands. Les affaires commençaient à prospérer, quand la police survint et arrêta le trio. »

7.

Mais il ne s'agit là que de biffins en marge de la corporation, artisans brocanteurs, ferrailleurs d'occasion, casseurs de bagnoles, fourgueurs du dimanche, arnaqueurs médiocres, peuple qui vit principalement sur les bords de l'île Saint-Denis, ou dans les cabanes de la zone, où pullule et se multiplie la grande famille pilonnière. Quant aux vrais chiffonniers, qui ont leur propre domaine d'exploitation, poignée de rues à draguer, ils sont si l'on peut dire plus sérieux, travaillant d'arrache-pied (ce qui les diffère d'abord des autres), debout bien avant l'aube, attelant leur haridelle pas si famélique, venant de leurs baraques de proche banlieue, gagnant leur quartier, sortant eux-mêmes les poubelles sur le trottoir, et en un tournemain balançant sans bruit les couvercles, étalant leur toile, crochant leurs sacs aux becs de gaz et dans les encoignures, trifouillant à coups de crochets dans les boîtes et répartissant judicieusement leur camelote, l'odorat inattentif aux froides odeurs qui pourtant ont un fumet assez prononcé. Parmi eux, toute une équipe de jeunes, non plus ces vieux et vieilles traîne-misère, mais des gars et des filles bien râblées dont certaines sont fort appétissantes, vêtues bien sûr au décrochez-moi-ça. Et l'on n'imagine guère que ces vide-poubelles assez sales d'aspect se baladent le dimanche au cinéma et jouent au dur et font du nudisme au bord des piscines. Pourquoi pas ? Encore une légende à démanteler.

Et le métier rapporte. Beaucoup de familles ont leur chignole, torpédo citron décapotable qui les emmène pique-niquer en fin de semaine, et une villa en banlieue.

Le plus bel exemplaire que je connaisse est un vieux solitaire qui bosse comme un nègre dix mois de l'année, vivant dans une cahute au fond d'un jardinet de Bagnolet, amassant ses gros sous, qu'au mois de juillet il change en larges fafiots, pour se fringuer comme un prince et descendre à Nice, dans un des meilleurs hôtels, s'y faisant passer pour riche industriel, faire le gandin sur la Promenade et le joli cœur au bar du Negresco, balader en limousine les belles filles que son train de vie séduit. Et ses vacances terminées, il s'en revient à Paris, range ses costumes, reprend ses hardes utilitaires, sa hotte et son crochet, repart au boulot, bon pied bon œil. Mais il a un sale caractère. Est égoïste. Et n'en a jamais assez. Ne se contente pas d'un honnête circuit entre l'aube et la mi-journée, mais grattant sur son sommeil pour cavaler dans la ville, lorgner les coins et recoins où se peut trouver tout objet convertible en fric, zyeuter derrière les palissades, noter les adresses, revenir deux heures plus tard avec sa charrette et tout embarquer sans demander l'adresse ou l'existence du propriétaire, ni vu ni connu. Car dans les terrains vagues, les chantiers interdits au public, les abords d'usines, et de cimetières de voitures, les courettes des immeubles, les caillasses de la zone, la récupération des vieux métaux est une source (d'un débit assez maigre mais jamais à sec) de fric convertissable, au porteur, en gros rouge et gros pain. La marchandise ne manque pas. Les prix pilotes (terme de métier) en sont élevés, de cent à trois cents le kilo, ce qui va vite. Et la diversité en est infinie, ce qui réclame une certaine éducation : tombants de planches, « casseroles », carters, mitraille fondue, papier, tournures et rognures pour l'aluminium, fils et mitraille, étamé, rouge planches et balles pour le cuivre, douilles, mêlé, étuis non grillés, chutes de barres, tournures de fondu et de décolletage pour le laiton, tournures et mitraille d'étain, tuyaux et planches, capsules et bouteilles, plaques d'accumulateurs de plomb, rognures, couvertures et « chiffonnier » de zinc... Le ramassage est relativement facile. Le tout est de trouver un débouché sûr et de ne pas se laisser embobiner par les malins qui vous voient venir et font les dégoûtés.

Le vieux papier, en dehors de sa valeur commerciale fort appréciable, est un des éléments de base du confort vital des bas-fonds, car ses utilisations sont infinies et particulièrement dans la lutte contre le froid, l'imperméabilité des rouleaux de journaux froissés étant parfaite. Les petits vieux et vieilles, concierges ou pensionnés à trois mille francs par mois, le savent bien qui en calfeutrent leurs courants d'air, comme les chiffonniers vivant dans leurs hangars et leurs garages à marchandises qui en hermétisent les ouvertures et fissures...

Plumier, vieux biffin dont est remarquable l'expérience en matière de vie secrète, a su en tirer le plus grand parti, faisant de sa piaule tronquée de la rue de

Bièvre un logement dûment meublé d'énormes paquets de journaux, soigneusement entassés, pressés et ficelés sur lesquels il peut se livrer à toute besogne alimentaire, culinaire ou utilitaire, comme dormir sur un vaste matelas de même matière, en forme de bauge où son corps creuse et tasse peu à peu le papier qui doit retourner à l'état de pâte cellulosique et coller au plancher, celui-ci aussi recouvert d'une couche épaisse de feuilles diverses sur lesquelles il fait des vagues en traînant les pieds. Et je me demande comment tout cela n'a jamais pris feu, malgré les précautions du locataire pour éteindre ses allumettes ou allumer son fanal à pétrole ! Je n'ai jamais voulu y coucher, ni même y passer une soirée. Et puis l'aération de la turne était assez proche de celle d'une cage aux lions, l'odeur des faits et gestes du chiffonnier ayant depuis longtemps étouffé celle de l'encre d'imprimerie.

Mais si Plumier vit dans la paperasse jusqu'au cou, et s'en trouve fort bien, il est vêtu de fringues honorables en vrai tissu quoique de qualité indéfinissable. Or j'ai rencontré un clochard anonyme qui n'ayant évidemment pas de domicile, n'en a pas moins une connaissance parfaite des ressources du papier et s'est façonné un sous-vêtement entier, bras et jambes compris, en journaux, collés et ficelés, renforcés aux entournures et aux coins saillants, soigneusement serrés autour des membres et maintenus par un jeu de fils cousus, cet étrange costume, dont il doit malheureusement changer de temps en temps les pièces défaillantes, sans jamais toutefois s'en débarrasser complètement, le tout adhérant à sa peau, s'humidifiant à sa sueur, s'amalgamant à son système pileux, cet étrange costume donc lui permettant de se balader

en plein hiver vêtu apparemment d'un mince pantalon de toile et d'un chandail de marinier, et de faire
admirer son remarquable mépris des éléments, si ce
n'est la pluie qu'il fuit comme la peste, et pour
cause…

Chapitre sixième

1.

Bercy est une ville, dont les grilles sont toujours ouvertes et les gardiens absents (d'ailleurs aucune pancarte n'en interdit l'accès). Et quoique cet îlot insalubre puisse paraître le paradis des vagabonds, je n'y en ai jamais rencontré. La chasse flicarde y est peut-être tenace. Mais j'ai dormi là plusieurs fois sans jamais apercevoir de contrôle quelconque. Bien sûr, je prenais les précautions élémentaires, entrée une heure ou deux avant la fermeture, glissade furtive entre deux pavillons, derrière une citerne ou une pile de tonneaux vides, accroupissement en chien de fusil dans un recoin sombre et à première vue sans intérêt pour tout autre que moi, tas de caisses, de bouts de ferraille, de planches et renoncement aux joies du tabac si ce n'est quand il faisait trop froid un peu avant l'aube, la cigarette enfermée dans le creux de la main et la fumée évacuée en très mince et lent filet, et le lendemain, les rues s'animant, départ d'un air dégagé, marchant d'un bon pas vers la sortie, allant même jusqu'à froisser et consulter une pile de papiers d'un air affairé pour passer devant un bonhomme qui se foutait pas mal de ma présence ou la guérite toujours vide, et hop ! dehors, encore une nuit tranquille à la belle étoile et cinq heures de bon sommeil en rabiot.

Mais mon grand plaisir est d'y baguenauder en plein jour, arpenter ces ruelles villageoises, pleines de gros pavés qu'on sent sous les pieds, suivre ces rails qu'on s'imagine être des voies de tramway jusqu'à ce qu'apparaisse au coin un énorme wagon très haut sur pattes, longer ces maisons qui ne sont que bâtiments de ferme, murs lézardés, ornés de plantes vertes et des crochets apparents des poutrages, toits de tuiles en pente douce, portes vantaux en ogive, petits escaliers de pierre à balustrade, fenêtres carrées à volets de bois plein, contourner ces gros arbres mafflus, troncs larges sous lesquels stagnent les odeurs de feuilles mortes, d'herbe coupée, de pierre humide, de cour d'école, alors qu'ailleurs le nez est imprégné de celles du vin épais, des bouchons, des tonneaux neufs et du caout-chouc des tuyaux d'arrosage. Autour des habitations et des hangars, jouent les gosses les plus heureux de Paris et grignotent des poules cocotantes. Les rues portent des noms de contes fantastiques, tous les vignobles, à vous donner grand-soif, Médoc, Beaugency, Mâcon, Chablis, et ne sont plus des rues ordinaires, même aux yeux des édiles, et s'appellent cour Barsac, couloir Deroche, enclos Mâconnais (comme de l'autre côté de l'eau à l'intérieur de la Halle aux Vins, on trouve le Grand-Préau et le Préau-des-Eaux-de-Vie). Ça vaut tout de même mieux, et ça se retient plus facilement que ces placards imbéciles illustrant la mémoire de tant d'inconnus, bienfaiteurs de caisses d'école, souscrip-teurs de pissotières, fondateurs de patronages ou de vrais grands hommes connus dès les premières lueurs de raison, tel Victor Hugo que certaines municipalités agrémentent de l'étiquette : « Poète français » pour que l'on ne confonde pas. Mais après tout, peut-être est-ce prudent, j'ai bien entendu un type dans un bistrot dicter une adresse et ajouter pour la gouverne de son interlocuteur : Boulevard Gambetta, ça s'écrit comme le gars de l'histoire !

Tant est qu'un petit matin, je me retrouve plié en quatre, engoncé sous un muret, derrière un arbre. L'esprit clair, mais la gorge pâteuse et les gestes mous, j'examine la situation. Il est évident que n'importe qui passant là peut me voir. Donc m'a vu. Par quel miracle m'a-t-on foutu la paix ? Peut-être que dans cette cité des bons vins, les hommes ont plus qu'ailleurs le respect des excès bachiques et m'ont laissé cuver, me prenant pour un des leurs. Des coquelets s'exercent au réveille-matin. Il y a déjà des feuilles aux platanes. Premiers moineaux picorant. Mais je juge préférable d'aller apprécier les joies de la nature un peu plus loin, rassemble mes cliques et mes claques, enfile la pente d'accès et file au dehors. Ni vu ni connu. En même temps qu'une voiturette.

Et pour rester sur si belle impression, m'achemine vers le Port de Bercy, descends sur le quai, interdit au public lui aussi, mais ouvert à tous les gars qui ont une allure adéquate qui les fait prendre indifféremment pour pêcheur à la ligne, ouvrier du verre ou marinier. D'ailleurs là non plus il n'y a pas de gardien dans la cahute. Tout le long du mur de soutènement s'ouvrent des caches, portes en arcs laissant voir de vastes magasins où s'affairent lentement des ouvriers, chaudronniers, tonneliers, menuisiers, et où s'entassent des sacs, des planches, des tonneaux, des cercles de fer. Sur la chaussée, même déballage en ordre savant. Je fume une cigarette et discute le bout de gras avec un individu de bonne mine. Les effluves beaujolaises s'effacent. Il n'y a plus qu'à recommencer. Mais je n'ai plus un rond en poche. Et la dent. Si fait qu'après avoir rêvassé au soleil blanc une heure ou deux et reconnu les taquineurs de goujon, je décide de traverser l'eau et par le tunnel de la rue Watt, derrière les Magasins généraux, de gagner la rue Nationale où l'ami Marc tient épicerie. Chez lui je suis sûr de trouver un petit-déjeuner complet comme aux beaux temps paysans, café au lait et tartines beurrées et sourire compréhensif de sa femme, ce qui est rare chez les épouses qui détestent d'habitude tous ceux qui ne font rien de leurs dix doigts et vivent en *parasites*.

Restauré je m'en vais roupiller dans l'herbe de la voie de chemin de fer qui longe les boulevards extérieurs. Il y a comme ça dans Paris quelques tronçons abandonnés, où depuis une éternité les trains ne passent plus, entre le pont National et la Maison-Blanche, à la porte de Montmartre, à la porte d'Aubervilliers, rue de la Haie-Coq (mais celle-ci est inhabitable), tranchées caillouteuses et herbues où l'on est à l'aise pour marcher, faire un camp, cuire la popote sur un feu discret et dormir des deux yeux. Évidemment le difficile est d'y pénétrer, car des grilles les protègent, mais il y a des trous, des barreaux tordus, brisés, relevés à certains endroits qu'il faut connaître, suffisants pour le passage d'un homme, et une fois de l'autre côté on se laisse glisser sur les fesses jusqu'en bas, on fait quelques centaines de mètres pour décourager les hirondelles qui auraient la curiosité de jeter un coup d'œil aux abords de l'ouverture, et on s'installe. Particulièrement à la porte d'Ivry, la voie est profondément encastrée, la végétation luxuriante, les pentes révèlent des caches nombreuses sur la berge opposée à la rue Regnault. J'y ai fait l'amour, un soir d'été, avec une greluche des immeubles modernes. Je ne me souviens pas de son visage, mais de l'odeur de la terre, de la texture des branches et des feuilles, de l'inclinaison de la pente qui m'obligeait à certaines précautions pour ne pas bouler à deux sur les rails…

Après donc un sommeil réparateur, je quitte ma planque et vais traîner dans le treizième, quartier fertile en rencontres tuyautantes, région truffée d'asiles, de dispensaires, de fourneaux économiques, d'œuvres philanthropiques, Nicolas-Flamel rue du Château-des-Rentiers, Le Corbusier dit la Maison Blanche, le gratte-ciel de l'A.S. rue Cantagrel. Les bistrots y sont accessibles sans pognon, petites salles grises (rue du Chevaleret chez Louis) ou roses (à l'angle de la rue Oudiné, mais maintenant fermé j'ignore pourquoi). Et là justement je rencontre la belle équipe, trois individus hirsutes et deux radeuses dont Godillot, Le Boucher, Eugène et la Minette, qui crèchent sous le pont d'Auster-litz et sèchent pour l'instant des litrons en compagnie de jeunes gars de la zone, ces types anachroniques de roman-feuilleton qu'on ne trouve plus que dans les tro-quets des limites communales, maigres et nerveux, la gueule en lame de couteau, le regard mauvais et sûr de soi, les rouflaquettes velues, la casquette à visière sur le nez, les pieds chaussés d'espadrilles, romanichels, gitans, et qu'on voit quelquefois aux Halles sous le Pavillon des Fleurs faire provision de brassées de lis et de queues de rats qui leur servent de prétexte profession-nel, mais que seules leurs femmes s'en vont vendre aux portes de la ville. Il n'y a jamais eu entre eux et moi de sympathie marquée. Non pas qu'ils me débectent, au contraire, mais ils sont méfiants et là aussi je suis trop jeune (sans être de leur milieu) pour traîner savate à leur suite. Malgré mes passe-partout : vocabulaire, attitude générale, coupe de cheveux et de vêtements, ils ne m'adressent la parole qu'à bon escient. Et à mon grand regret, il m'arrive de ne pas comprendre tout ce qu'ils disent, parlant très vite, employant un argot spécial où doit se mêler du gitan, de l'arabe, du yiddish, du hongrois avec des termes de métier qui m'échappent encore. Mais tout cela ne nous empêche pas de taper le carton ensemble, de boire des rouges clairs et de fumer des cigarettes étrangères. Le patron ronflonne sur sa chaise. À huit heures du soir, je suis de nouveau complètement rond. À dieu vat.

Le père Michel est allé quérir de la menue monnaie nécessaire à l'achat d'un gros pain, et comme l'heure de la soupe est passée depuis belle lurette, on s'en contente. Puis la bande se sépare, les zonards d'un côté, les vieux de l'autre. J'en profite pour cavaler chez Marc lui emprunter deux litres à soixante-dix (c'est bien parce que je suis déjà bourré) et je rattrape mes cloches sous le pont d'Austerlitz qui, eux aussi, ont de quoi tututter sous le bras, ne demandez pas comment. Probablement l'un ou l'autre avait-il encore sur lui une pincée de fafiots qu'il a convertis chez le mastroquet. On ne sait jamais à quoi s'en tenir avec ces Chinois-là. En tout cas, assis bien à l'aise au coin du quai de la Gare, dans le cul-de-sac herbeux que domine le café de voyageurs posé à même le trottoir et protégés des intempéries par trois angles de murs comme des touristes emmerdeurs par une proximité de chantier naval, on s'installe pour la nuit. Ici l'on ne risque rien. La présence de la péniche de l'Armée du Salut à cinquante mètres nous sert de viatique (il est toujours loisible de dire aux flics qu'on est arrivé après l'heure de fermeture).

Je n'ai plus que des fragments de souvenirs indistincts quant aux occupations diverses de cette veillée de printemps. Car, tous autour du feu de joie allumé avec des planchettes et un litre à moitié plein entre les jambes, le grommellement de la conversation s'est vite transformé en monologues personnels, chacun au bout de quelque temps oubliant la présence des autres et en proie à ses propres divagations. À part Godillot qui, ayant besoin d'exutoire, chercha querelle au pauvre Boucher qui n'en pouvait mais, flageolant sur ses guibolles et que l'autre, dangereusement éméché, menaçant debout et brandissant un cul de bouteille, voulait foutre à l'eau. J'ignore ce qu'il est advenu du Boucher, car à l'aube il avait disparu. Quant à Godillot, malgré de solides coups de pied dans les pattes, il ne daigna pas ouvrir l'œil. Les femmes, elles, n'avaient rien vu. Quand je m'éveillai, j'étais allongé sur une planche, contre le mur, et une mince gouttière de flotte me coulait dans le cou. Avec une assez belle gueule de bois. Mais une trempette dans la Seine allait remettre ça en état. Abandonnant les deux litres vides aux copains qui en tireraient profit, j'allai faire un tour vers la péniche. Basse sur l'eau, blanche et verte, elle ressemble à ces habitations flottantes des *bohèmes de luxe* du port du Gros-Caillou, plus qu'à ces compagnes arrimées auprès, fixées définitivement au quai, rattachées à la terre par une passerelle fleurie et agrémentées de culture maraîchère et de basse-cour caquetante, sur lesquelles vivent des sédentaires. Mais celle de l'Armée du Salut tient aussi à son décorum, et n'hébergeant que des pouilleux, elle se pare d'un jardin de rosiers entre les lattes de bois peint. C'est tout juste si sur le pont on ne voit pas des chaises-longues, des parasols et des maîtres d'hôtel. Quant à l'intérieur, c'est une vaste salle rectangulaire, à colonnes et à lits de camp répartis géométriquement avec couvertures de laine bariolée de couleurs vives. Tel qu'on ne s'imagine pas un asile.

2.

Les dernières guinguettes de Paris disparaissent avec les relents poétiques de la belle époque, et les touristes ne peuvent que s'extasier, et je ne peux que sourire quand au coin d'une rue apparaît un bistrot précédé d'une courette pleine de glycines ou prolongé d'un ancien jardinet au milieu duquel reste un vieux puits avec des géraniums autour. Les guides de Paris indiquent-ils dans leurs itinéraires pittoresques la Cour de Rohan ? Je l'ignore. Mais ne saurais la passer sous silence. Car c'est la plus belle frondaison romantique de la capitale, et tous les pauvres restes de grands siècles, les hôtels particuliers transformés en bureaux de trafic, greniers et mansardes devenus les dépotoirs des archives de maisons de commerce, pleins jusqu'aux poutres et les lucarnes obstruées par des tonnes de classeurs abandonnés, de livres de comptes, de recettes, de relevés, de bilans, par des mètres cubes de paquets ficelés de dossiers où la poussière s'est incrustée comme une couche d'huile et qu'il faudrait gratter non au chiffon essuie-meubles, mais au coutelas, et d'où s'échappent en voletant des factures, des doubles, des lettres de clients manuscrites sur des feuilles légères comme du papier à cigarette, l'ensemble valant maintenant quarante francs le kilo, quelle dérision que ce dernier rictus des gagne-petit républicains, et les cours intérieures, les fermes, les écuries transformées en garages, en ateliers, en magasins, et tous les pauvres restes devinés dans l'angle des murs, dans le poutrage, dans les dessus de porte, au fronton des énormes portes cochères carrées, épaisses, bardées de clous énormes et cadenassées, épars dans Paris pour la joie des flâneurs poètes et amoureux des vieilles pierres et de la petite histoire, ne valent pas cette Cour de Rohan, préservée de la mesquinerie de la civilisation, du vacarme de la circulation, par une longue rue austère, quelque peu jésuite d'aspect ou de l'autre côté par le souk du Commerce, cet îlot de fraîcheur visuelle protégé la nuit par des grilles infranchissables qui m'ont toujours, à mon très grand regret, empêché d'y dormir ou d'y rêvasser, au bas de l'escalier de pierre, près de la margelle du puits, sous la lumière reposante de la lanterne de fiacre, et j'ai dû me contenter d'aller bavarder chez le libraire fortuné qui a la chance d'avoir sa boutique à l'angle de la maison à pignon.

Bistrots à tonnelles et à bosquets, mais échafaudages de verdure tombant en pourriture sèche, en poussière humide, brinquebalantes et vermoulues quoique miraculeusement respectées par les amateurs et ramasseurs de bois mort. Quant à la glycine, elle y reste accrochée comme un paquet de vieilles ficelles. Troquets des portes de Paris, des villages intérieurs, des Buttes, mais aussi au cœur de la cité.

Chez Desmolières, à l'angle de la rue de la Colombe et de celle des Ursins (l'ancienne rue Denfert comme l'indique une vieille inscription sur pierre de taille), dernier bouchon du centre de la ville, couvert de feuillage et de plantes grimpantes comme une cabane de Robinson, et plein à l'intérieur d'un attirail désuet, rustique, étonnant, cages d'oiseaux, tabourets et tables basses, cartes postales au mur sous une pendule qui marche la tête en bas, fauteuil profond rouge pelucheux et confortable au pied du comptoir malgré ses manches effilochées, bouteilles vides cerclées de plomb, dessins sur les murs d'un humour relatif, vue sur la Seine. Et attitude du patron, vêtu de peau de bique énorme, qui finit de rincer ses verres dans une bassine à légumes, et déclare brusquement, messieurs je vais me raser la couenne, et qui disparaît dans des appartements obscurs, à ras de terre, évoquant les cavernes de troglos… La clientèle est celle des petits rentiers du coin, des joueurs de dominos, des palabreurs sans histoire… Des touristes passent quelquefois devant, par le plus grand des hasards (cette ruelle étant heureusement hors du circuit officiel), jettent un coup d'œil étonné, mais n'osent s'approcher de la tonnelle, retenus par l'aspect intime, privé… Encore un bistrot lumineux qui va fermer, les affaires ne marchant pas…

3.

Quittant les bords de Seine à la tombée de la nuit, au moment où le froid entreprend de modifier les paysages connus, je m'acheminai rue Visconti, cet étroit canal lui aussi appelé à disparaître pour le percement d'une voie de grande circulation nord-sud, et grimpai chez le copain Bob Giraud, ci-devant bouquiniste sur le quai Voltaire et le plus malin connaisseur du fantastique social parisien, tel que je l'ai épinglé en tête de ce bouquin, montant à tâtons un de ces étonnants escaliers qui creusent les maisons des vieux quartiers, usai mes dernières allumettes, aucun étage n'ayant le même nombre de marches, et les directions changeant brusquement, écarquillai les yeux dans le noir, inutilement, et frappai au hasard à la première porte contre laquelle je butai.

Ma visite n'était jamais désintéressée, car en dehors du litre de rouge disponible à tout instant sur la table, j'étais sûr de glaner quelques tuyaux inédits sur la vie secrète des quartiers de la rive gauche, de contempler la plus belle collection de documents, livres, articles, cartes postales, photos sur le Paris populaire, d'écouter les dernières histoires relatives à nos relations communes, biffins, clochards et personnages extraordinaires qui peuplent les berges du fleuve. Assis au chaud, peinard pour un moment, un tas de cigarettes entières à portée de la main, un verre de rouge au bec, je l'écoutais me parler de sa dernière trouvaille, en l'occurrence une bourse aux tatouages découverte dans un bistrot anodin du quartier des cuirs (*sic*) où il était entré par hasard, je veux dire pour boire un beaujolais. C'est le seul endroit de Paris, me disait-il et je veux bien le croire, où l'on fasse commerce de peaux humaines tatouées, sorties d'une énorme cantine militaire, coffre de corsaire assez évocateur, et présentées bien proprement, tannées, tendues, encadrées ou épinglées délicatement sur une planchette comme des pattes de grenouille, si bien qu'il faut se pencher dessus et toucher du doigt pour se persuader qu'il ne s'agit pas de parchemin animal ridé, mais bien de fragments d'épiderme prélevés sur un semblable, collection effarante qui va du triangle minuscule marqué de trois points fatidiques au grand dessin, au tableau de maître, scène érotique, ou reproduction d'œuvre picturale et naïve, en passant par toute la série des épithètes, protestations, déclarations d'amour, renseignements d'ordre pénitentiaire ou militaire, mais où le sexe en fleur joue un rôle prépondérant. Et d'où vient cette marchandise insolite ? De la morgue d'abord où les employés malins décollent des lambeaux sur les cadavres ambulants prêts pour la fosse commune, et des labos de l'École de Médecine où des carabins avertis opèrent avec célérité et discrétion. Le trafic ne chôme pas. Quant à la clientèle, ce ne sont que pacifiques collectionneurs, avocats, anciens pontes de la Préfecture, toubibs qui en font des sous-verres et libraires des reliures de bouquins érotiques (certains follingues les transforment paraît-il en gants, blagues à tabac, abat-jour…).

Il est évident que dans ce bistrot (dont je suis obligé de taire l'adresse pour la bonne raison que l'ami Bob la garde secrète, et d'ailleurs…) on parle métier. Et bon nombre de bousilleurs viennent régler leurs petites affaires, entendez les spécialistes qui se font forts de supprimer un tatouage se révélant à la longue assez importun (comme le Mort aux Vaches que les flics n'ont pas encore encaissé malgré l'accoutumance à ce genre de politesse) (et les signes distinctifs des bagnes et régiments disciplinaires qui marquent leur homme de façon aussi indélébile que la collection de souvenirs personnels) et s'efforcent contre bordées de rouge ou fric nature de faire disparaître ces ornements par des moyens expéditifs, plus ou moins douloureux, dos de cuiller rougie posée à plat sur la chair qui grésille puis poignée de gros sel vigoureusement frottée… C'est donc dans ce bistrot que je finirai bien par dénicher un jour, que paraît-il des durs viennent vendre leur peau, au sens le moins équivoque, prêts à fourguer une partie de leur épiderme vivant, pour quelques billets de mille, à moins qu'ils n'accordent l'ensemble une fois clamecés, la somme devant être remise à la veuve. Mais ce ne sont qu'histoires pour rire, le prélèvement s'avérant impossible, comme entre nous le bousillage.

4.

En été les bistrots arabes, ou métropolitains mais peuplés de seuls Nord-Afs si ce n'est le patron, prennent vite, et curieusement, allure de guinguettes, tout aussi joyeuses et bruyantes que les autres, quoique moins pacifiques, et dans beaucoup de quartiers ils sont à peu près les seuls à posséder des tonnelles ou des coins de cours intérieures qu'un pot de fleurs transforme en jardins. Les jeux n'y varient guère. Le disque est toujours le même, tournant sur le plateau d'un phonographe à résonance exclusivement métallique, vibrant, éraillé, criard, acide au point que cette crécelle finit par nouer les nerfs des plus patients voisins. Mais sa musique est bien vite couverte par la voix des hommes. Il faut avoir assisté, non clandestinement mais veillant au moins à sa lucidité, à ces soirées ruisselantes où ils mélopent, chantent, scandent, hurlent, crient, rient, battent des mains et des pieds, au rythme obscène de la danse du ventre qu'exécutent deux-trois bonnes femmes à poil, tapineuses en rade, en rupture de ban (parisiennes pour la plupart, fausses gitanes, quelquefois, car ici comme dans toute la France, les véritables ouled naïls se comptent sur les doigts), servant le plaisir de leurs hommes et prenant le leur, dont les formes imposantes ne sont voluptueuses que dans un certain état d'esprit nostalgique, les cris redoublent, les danseuses chancellent, la fumée se fait plus dense mêlée à l'odeur de menthe du thé et du kif, la sueur coule, les chemises tombent, les ceintures éclatent, les ficelles cassent, l'aiguille du disque dérape, on n'y voit plus, on crève de chaleur, de moiteur, les corps s'étreignent. Pendant que les gens d'en face, fumant tranquillement leur pipe du soir, à la barrière de leur fenêtre, contemplent à travers les vitres et sont au cinéma.

Mais très souvent les femmes sont absentes et ce sont deux, trois jeunes adolescents (ou paraissant tels) qui miment la volupté. La satisfaction n'en est pas moins générale, mais les bagarres éclatent plus vite, les coups tombent et filent en chaîne, le patron tente de fermer ses volets, il faut se carrer dans un coin, car la présence d'un chrétien est un tonneau de poudre, à crever d'abord, et tout le fantastique social ne fait plus place qu'à la trouille verte, il vaut mieux tenter de se faire oublier et ne se présenter que de biais au plus proche énergumène pour éviter qu'il vous saisisse aux revers et fonce tête baissée…

Les cafés de la Nationale et du Château-des-Rentiers ont une salle basse, bizarrement privée de comptoirs familiers, meublées seulement de bancs latéraux et de longues tables sur tréteaux qui longent les murs, où les hommes palabrent bien sûr mais doivent attendre, s'ils ont de quoi se payer à boire, que le patron aille chercher sa verrerie et les bouteilles de bière dans son arrière-boutique. D'ailleurs on y voit, plus souvent que des consommateurs, des hommes s'y faire raser devant un bol de mousse grise, par un barbier bénévole, les Arabes sachant tous torcher une coiffure à la mongole. Et je me demande toujours dans quelle catégorie, peut-être inventée pour les besoins de la cause, le fisc a-t-il rangé cet établissement salle d'attente, et si le patron paye patente et quelle !

Dans les bistrots arabes du quartier de la Goutte

d'Or et de la Chapelle, on est saisi dès l'entrée par l'odeur du kif, que les hommes fument assis silencieux sur les banquettes le long des plâtres fendillés, buvant régulièrement leur gorgée d'eau ou de thé pour faire couler celle de fumée, et ne prenant même pas la peine de se cacher pour émietter leur pastille gris poussière et la mêler au tabac sorti directement de leur poche par pincées qu'ils déposent soigneusement sur le coin de la table, étalent sur trois feuilles de papier Job noir, du spécial, collées en triangle et roulées en cône, avec un mégot de gauloise non émietté faisant office de bouchon perméable. Ces pastilles que le patron fabrique le plus souvent lui-même dans son réduit, entre deux feuilles de cellophane qu'il repasse d'un fer tiède avant de les découper. Et quand ce n'est pas le patron qui fournit la drogue, c'est un client habitué, debout au comptoir en permanence, qui recueille les oboles, fait son petit trafic, à soixante-quinze francs le tas de miettes, de quoi en rouler deux, le paradis à portée de toutes les bourses.

Les façades des hôtels ne sont que l'avers du décor. Décor partout identique des frontières de Paris, Saint-Ouen, Clichy, Saint-Denis, la Chapelle, la Villette, Aubervilliers, et de l'autre côté, Boulogne, Billancourt, Gennevilliers, Gentilly… Hôtels du Nord, du Sud, de l'Ouest, hôtels Bellevue, Saint-Ange, Sans-Souci, de l'Étoile d'Or, du Croissant, d'Orient… terminologie commune, ordinaire pour les passants, mais qui prend vite un caractère particulier, révèle une intention, inscriptions incantatives, exotiques, équivoques, ironiques, tragiques… Hôtels dont les fenêtres du rez-de-chaussée sont fermées sur un « bureau » dont le seuil est infranchissable le plus souvent, hôtels de passe par-devant, où les putains racolent au vu et su des gosses qui rentrent de l'école et jouent aux billes sur le même trottoir, et chaque fille connaît chaque môme et lui fait un sourire ou une caresse sur les cheveux, plus peut-être que le pauvre n'en a à la maison, hôtels à plaisir par-devant mais magasins de sommeil par-derrière ; car au bout du couloir, il y a une cour, des cours, avec des soupentes, des cagibis, des clapiers, des hangars à ferraille, des chiottes hors d'usage, porte ouverte sur des gonds brisés, casse-gueule diurne et nocturne où les clients se font de plus en plus rares, préférant le bord ou le fond des ruelles, et au bout encore, des impasses, des amorces de boyaux, des culs-de-sac, des allées jadis potagères qui trouent les pâtés de maisons sans rues, et quelquefois un arbre (qu'est-ce qu'il fout là, merde, perpétuellement dénudé et sec comme une trique, au milieu des tas d'ordures qui s'étalent et finissent d'année en année par pénétrer le sol et se confondre avec la terre battue ou s'immiscer entre les pavés mauvais pour faire pousser des brins d'herbe miraculeux). Magasins de sommeil. Car en effet : les tauliers qui par principe considèrent les Arabes comme des bestiaux à traire ou à abattre, leur font payer un droit de reprise énorme (de plusieurs milliers de francs) pour une chambre à lit-cage et bidet qu'ils louent douze cents balles par semaine, tout en l'utilisant dans la journée pour des passes au quart d'heure, et ne gardent le locataire qu'une quinzaine de jours pour l'expulser sous un prétexte idiot, boisson, boucan, pédérastie, refus de nettoyage (un soir l'homme ne trouve plus sa clé au tableau, mais son tas de fringues posé au bas de l'escalier) et recommencer avec un autre. Marché noir du sommeil. Et l'Algérien, tourneur-fraiseur ou marchand de cacahuètes peu importe, n'a plus qu'à organiser sa literie dans un des recoins de la cour, ou descendre à la

cave, rejoindre ceux qui n'ont pas le rond comme à
Nanterre dans les terriers de la Plaine, et à Gennevilliers où se tapit la plus grande colonie nord-africaine de
la Seine.

5.

Rue du Château-des-Rentiers, jouxtant l'asile
Nicolas-Flamel, se trouve un centre de désinfection
municipale, où travaille Martini, un dur capable de tout
supporter, y compris l'absorption immédiate d'un litre
de l'apéritif qui lui a valu son surnom, et qui fait un
boulot des moins folichons, auquel il me convie régulièrement d'assister tout en me prévenant, ce qui me
fait refuser, que j'en serais quitte pour dégueuler et me
rincer l'estomac d'une bonne biture au blanc sec, car
selon lui, et je veux le croire sur parole, ce n'est guère
ragoûtant, il faut avoir le cœur bien accroché et tâter
souvent de la gobette, l'habitude comme l'indifférence
ne venant qu'après de longues années d'expérience, ce
à quoi en général ces ouvriers ne se résignent pas et
préfèrent perdre leur droit à la retraite et s'en aller voir
ailleurs. Étant proche de deux asiles, et dépendant de la
ville de Paris, cette blanchisserie est chargée du nettoiement des vêtements, et chaque soir, dès qu'une
équipe de clochards est parquée dans l'avant-salle
d'observation, on les fait mettre à poil, on les asperge
de crésyl et les désinfecteurs viennent prendre, à coups
de fourches de bois, livraison des tas de fringues, les
entassant comme fumier et allant les balancer dans les
étuves où ils bouillonnent à l'abri du regard mais non
de l'odorat qui en prend un coup, toutes ces nippes
étant pleines souvent de pisse, de dégueulis et autres

menues saletés que des dizaines d'hommes régulièrement saouls ont «polluées». Et quand il s'agit de les
sortir des cuves, c'est loin d'être fini, car si elles sont
bouillies, tordues, chiffonnées, amalgamées les unes
aux autres, il faut les trier, en reconnaître l'usage et
évacuer le liquide résultant, pour enfin les mettre à
sécher sur des claies... Personnellement, je ne connais
des asiles qu'un côté, celui des pensionnaires, et préfère, quoi qu'en pense mon interlocuteur, ignorer celui
des affectés à leur entretien.

Mais les histoires de Martini ne s'arrêtent pas là, car
il fait aussi les nettoyages à domicile, ce qui varie les
plaisirs de la profession, c'est-à-dire la désinfection
des logements des malades et morts du quartier, et son
expérience est telle qu'il affirme pouvoir reconnaître,
dès l'entrée dans la chambre, si le macchabée est d'origine cancéreuse, tuberculeuse, syphilitique ou autre,
ce à l'odeur seule qui imprègne les murs. Tout cela
d'ailleurs n'est que très banal. Il suffit d'avoir dans ses
proches relations un monsieur travaillant chez l'ami
Trouvain pour apprendre, avec force détails, comment
par exemple on nettoie les cadavres et les bouche aux
endroits judicieux. Mais ce qui m'attirait dans les histoires de Martini, c'était la description de quelques
logements où il avait dû pénétrer, la plupart du temps
chez des pauvres vieux et vieilles morts solitaires dans
un état de dénuement physique incroyable et un décor
infernal de noirceur, de puanteur et de terreur, quand
ce n'était pas chez des suicidés dont on ne signalait la
disparition que bien trop tard, averti par des odeurs
insolites traînant sous les portes, tel le corps de cette
belle jeune femme asphyxiée depuis trois semaines
dont l'arrière-train grouillait de vers de différentes
grosseurs...

On imagine assez peu le nombre de ces êtres humains, à bout de ressources et de souffle, qui *s'éteignent* en cachette, se terrent dans leur trou pour *se voir mourir*. Il faudrait consulter les registres des commissariats, faire les chiens crevés, établir des dossiers. Seules trois lignes de faits divers les signalent, et encore pas tous. Femme paralysée, et trop faible pour appeler, grignotée vivante par des rats sur son grabat obscur, appréhendant, entendant, voyant puis sentant et subissant leur présence qui fait hurler l'œil. Invalide étouffée par inadvertance dans son placard, affaissée puis pourrie lentement dans des tas de vêtements, de boîtes à chapeaux et de balais-brosses. Clochard *saisi* par le froid sous les sacs et les planches de son clapier au fond d'un terrain vague, épouvantail ridé et barbiflard dont le regard de la mémoire ne peut plus se détourner. Fou musicien mort d'inanition et de dignité dans sa mansarde au pied des gouttières et des géraniums, couché et bien bordé dans ses couvertures. Fille blonde et grasse, qui louchait, assassinée de sa propre main par un jeu d'aiguilles à tricoter en voulant tuer sa *faute*.

Et tous entre six murs infranchissables, tirant sur leurs dernières minutes de lucidité. Piaules, chambres de bonnes, cabanons, greniers, soupentes, loges et vieux appartements bourgeois (avec leurs vieilles couvertes d'oripeaux, de parure, de dorure, de peinture et rongées à l'intérieur par le souvenir du *dernier* lait caillé), habitats citadins baignant dans la graisse de la crasse, les vols lents de la poussière, l'entassement des meubles lointains, des paperasses de famille, des vaisselles sales tue-mouches, des tableaux et portraits académiques, ou dans le vide des quatre coins, le plat immense du plancher, avec les seules présences de la porte qu'on voudrait brûler, du papier peint qu'on voudrait mâcher, du silence qu'on voudrait éloigner.

Mais il n'est pas besoin d'attendre la mort ni même la grande misère pour entrer de plain-pied dans l'horreur de certains habitacles. Bon nombre de célibataires et solitaires (et des couples aussi) vivent dans un terrier inhumain, chanteurs de rues, chiffonniers, artistes déchus, locataires invisibles des vieilles maisons des vieux quartiers, couchant, ronflant, bâfrant, buvant, se traînant en aveugles d'un coin à l'autre de la pièce obscure, sans fenêtre, sans vasistas (si ce n'est une vitre découpée dans le plafond, scellée par le temps et la poussière, rendue opaque par les détritus, la boue, la flotte stagnante) et devant laisser ouverte la porte de temps en temps pour y voir clair et se livrer à des travaux de couture indispensables. Rue Visconti, rue Brisemiche, rue des Hautes-Formes, passage de l'Avenir, de la Trinité…

Voir la Cour des Miracles.

Quant à la fameuse légende des bas de laine et matelas bourrés de pognon, Martini n'en soufflait mot.

6.

En marge de Saint-Germain-des-Prés, il reste des bistrots ignorés du public interlope et qui ont chacun plus d'intérêt à mes yeux que les autres réunis. Ainsi tous les bougnats et mastroquets de la rue des Canettes qui vivent très loin du monde snobinard dit littéraire ou de celui pétrifié dit religieux qui les encadrent, et ne sont fréquentés que par les petits rentiers, commerçants, ouvriers, vieux et vieilles prêts pour l'hosto qui crèchent les uns sur les autres dans les maisons ventrues, et sous les toits mansardés de la rue Guisarde, population bistrotière dont les conversations ne dépassent pas la météorologie, la politique à petite semaine, les affres de la nourriture quotidienne, les derniers ragots pas bien méchants sur le voisin, et les distractions s'arrêtent au domino, à la belote, au nain jaune, à la manille, et les consommations ne vont pas au-delà de trois verres. J'ai couché, plus qu'habité, dans le plus discret hôtel de la rue, chez le père Jules, et l'étrange tranquillité, faite de silence respecté, de fatigue accumulée, d'obscurité économique, m'en semblait d'autant miraculeuse, qu'à moins de dix mètres le tabac du coin faisait un raffût de tous les diables, mais qui ne parvenait pourtant pas à faire le tour de la boulangerie jusque-là. Et son immense salle commune est encore le paradis du scribouilleur qui cherche un havre de paix pour pondre ses pages d'écriture, sans qu'il soit besoin de renouveler une consommation prise le matin et dont la tasse refroidit jusqu'au soir.

Mais le plus passionnant est la Chope, rue du Four, ouvert dès quatre heures de l'aube et plein aussitôt d'une tribu de chiffonniers qui ont gardé le costume et l'allure des chourineurs du roman populaire, casquette à pont, tempes velues, vestes minces, pantalons à pattes d'éléphant. D'où sortent-ils ? Je ne les ai jamais rencontrés ailleurs, mais seulement vus arriver de la direction de Grenelle. Je les soupçonne fort d'être des étrangers. Et leurs femmes, donc, vêtues d'oripeaux longs de gitanes ! Difficile de les mieux connaître. Il faudrait savoir quel circuit de poubelles ils peuvent effectuer avant d'atterrir ici. Ils doivent bien avoir charrette et haridelle quelque part là derrière. Ils parlent à peine, descendent des litres de rouge sans godets, et sont du genre pas causant. Personne ne les invite. Et ils n'invitent personne. Se collent contre le poêle, toute la famille, quelquefois un ou deux morveux sales comme des peignes qui dévisagent les consommateurs et à qui on donnerait deux ronds. Et chaque fois que je les ai guettés avant leur arrivée, ou voulu suivre dès leur départ, quelque chose m'a toujours empêché d'en savoir plus, un copain qui paie un verre ou le patron qui remet sa tournée, ou un ivrogne à sortir, ou un farceur à écouter. Aujourd'hui c'est Ali qui m'invite, ce vieux petit Arabe malicieux et frétillant comme un écureuil, qui pose son panier de cacahuètes sur la table et m'offre le café et un sachet de ses tubercules à éplucher. Le poêle ronfle, fuse, pète, plein de béatitude, comme nous bien au chaud. Ali se met à raconter ses vagabondages dans le Midi, ayant lui aussi fait les vendanges chez le Catalan, près de Béziers, tirant à bout de bras ses comportes, ses tonnes de raisin, couchant dans une pièce unique que lui avait allouée ce cultivateur compréhensif, et sur un vrai lit de camp, ayant à portée de la main sa batterie de cuisine personnelle où il pouvait cuire ses fèves et bouffer ses melons qu'il allait couper dans le jardin, au su et vu du patron, choisissant le plus affable, y découpant de la pointe de son couteau une petite fenêtre carrée, la soulevant, humant l'intérieur, appréciant la coloration, et si l'état n'en était pas satisfaisant, rebouchant délicatement le trou, appuyant du pouce et allant voir le suivant, et des tomates, à volonté, sauce ordinaire de mets variés que seuls les Arabes savent préparer avec des riens et qui en font les plus fins cuisiniers des chantiers et des exploitations… buvant dans sa soirée les trois litres de clairet qui lui étaient donnés, gagnant de quoi, après vingt jours de boulot, partir de là lesté d'autant de billets de mille, avec lesquels il s'en allait à Marseille... acheter une pleine boîte de montres à revendre dans les plages environnantes, aux touristes étrangers, s'y livrant à une technique compliquée et étudiée minutieusement, mais lucrative, le commerce des sachets de cacahuètes n'étant évidemment que d'un rapport minable, une façade, un honorable gagne-pain aux yeux de la police qui n'est pas dupe et hausse les épaules et fait circuler, souriant d'un air entendu quand le marchand lui tend son carnet forain parfaitement en règle... Ali gagnant cette fois de quoi monter à Paris, le rêve d'un moment, vendre des tapis dans les cafés et aux sorties de métro, ou de grimper en été sur les plages normandes fourguer des valises entières de bimbeloteries, médailles, bracelets, pendentifs, objets pieux que les visiteurs bigots de Lisieux sont bien assez cons pour acheter bon prix, mais tu as raison, fils, ne te gêne pas, prends-leur du pognon, casse-leur la tête et les ouïes avec des fausses pleurnicheries et colle-leur aux fesses jusqu'à ce qu'ils t'achètent tout ton barda, profites-en, ils te font assez de mal par-derrière avec leurs missions colonialistes et les conditions de vie que leur âme pieuse refuse d'apercevoir. Et Ali plisse les yeux de contentement, et grignote ses graines. Il n'est pas communiste, ne lit même pas *l'Algérie Libre* (ce que je fais), mais il acquiesce à mes paroles et selon l'expression consacrée me fait confiance. C'est la figure la plus attachante du quartier. Mais qui ne lira jamais ces lignes.

Quant au bistrot lui-même, il se peuple avec le jour, et les boueux du coin font leur apparition. La conversation générale porte sur l'événement fameux de la nuit précédente, à savoir : vers cinq heures du matin, un couple anglais demi-monde avait échoué là après la fermeture des bars de la rue de l'Abbaye et passablement soûle la femme s'était laissé tripoter copieusement par une bande de cloches de la plus belle espèce, le mari quasi impassible et croyant peut-être à un usage très parisien à noter dans ses tablettes, les mecs foutant ouvertement la main au cul de l'opulente personne, s'en donnant à cœur joie, le plus hardi lui fouillant sous les jupes et l'asticotant, le plus timide, un sensationnel petit bonhomme haut comme ça avec un cabas à provisions à la main et qui debout à côté d'elle osait à peine lui toucher du bout des doigts le gras nu du biceps, tandis que les autres lui donnaient des claques sur la patte. Cela n'avait rien d'érotique mais frisait plutôt le fou rire. La femme se trémoussait, demandait des explications en langue maternelle à son mari qui payait à boire à la société ; les types se relayaient sur la banquette et y allaient des deux mains, Victor tentait de lui ouvrir le corsage gonflé et fendu, tout le monde rigolait les larmes aux yeux et de temps en temps l'Anglais recevait une bourrade d'amitié au milieu du dos ou au coin de l'épaule qui le faisait basculer, éructer, et l'obligeait à de dignes commentaires francisés, la bouche mince et sans rides jusqu'à ce qu'il se décide à se lever, prendre le bras de son épouse, et la diriger de guingois vers la sortie, en s'excusant de façon très mondaine de se priver si vite d'une telle compagnie.

7.

Quittant le quartier Saint-Merri, le baladeur flâno-chant qui jalonne son itinéraire des bistrots salle d'at-tente, volières de filles jacassantes, d'angles de rues où tout le monde s'appelle chéri, de bords de trottoir, plus que de visions architecturales et pittoresques à bon marché, prend la rue des Lombards, boit un verre au coin de la rue de la Reynie (de l'Araignée pour les gars des environs qui aplanissent toujours les difficultés), et débouche sur cette place sans nom qui n'est que l'éclatement des rues Brisemiche, Aubry-le-Boucher, Saint-Merri, Pierre-au-Lard, Geoffroy-l'Angevin, et que traverse furtivement la rue Quincampoix se coulant le long de maisons décrépites pour reprendre de l'autre côté son cheminement obscur en forme de corde à nœuds. Les bistrots qui font face à la plus belle brochette de vieilles masures de Paris, fendillées au soleil comme des fruits trop mûrs, sont pleins d'Arabes qui préparent sur le terre-plein l'étal de leur baladeuse, et de chiffonniers du coin ayant fini leur journée vers dix-onze heures et s'apprêtant à roupiller l'après-midi dans les sous-sols et boutiques en contrebas qui minent tout le quartier. Et quelques cardeurs et matelassiers qui travaillent eux aussi à ras du sol, la porte de leur magasin sans fenêtre étant grande ouverte et accueillante à bon nombre d'individus qui s'en vont dormir au fond sur les ballots de laine et de paille (il reste encore quelques cardeuses de matelas qui s'installent en été sous les arches du Pont-Neuf, mais là aussi la tradition se perd).

De l'autre côté de la place se trouve un asile pour femmes, sorte de baraque préfabriquée planquée derrière un mur mais que signale une très grande inscription en peinture rouge : *Croyez en Dieu et en Moi* (le moi reste pudiquement anonyme). À côté se trouve une boutique de vieux papiers (achat, vente, mais pas d'échange) dont la décoration murale est faite de vieilles gravures soigneusement punaisées. Sur le trottoir les parfaits ivrognes se livrent à des mélopées solitaires. Le péripatéticien se trouve aux abords de la Grande Truanderie. Et la rue Quincampoix est maintenant le domaine exclusif des brocs et des biffins, avec quelques Arabes qui y ont leurs tanières et leurs petits bordels. Les putains n'ont plus rien à gagner ici, si ce ne sont de vieilles radeuses à cent balles qui ne prennent même pas la peine de pratiquer la station debout par tous les temps mais pénètrent dans les arrière-salles, font le tour de l'assistance, marmonnent leur offre et s'en retournent avec autant de facilité et de calme détachement que leurs consœurs de l'Armée du Salut qui vendent leur magazine illustré.

Quelque part dans cette rue, dans un coin de mur, persiste une inscription insolite : *Mademoiselle Adam, zestes frais*. Mais en traversant le Topo et gagnant la rue Saint-Denis, le marcheur consciencieux retrouve ses putains familières. Toute la rive droite de cette rue foutrassière est bordée de cafés où dès quatre heures de l'après-midi jusqu'au milieu de la nuit se rencontrent les tapineuses, les maquereaux, les durs, les jeunes gangsters, les patrons de boîtes provinciales, et les michés fidèles, clients à habitudes et jours fixes de fantaisie. Mais quoi qu'on puisse penser après cette énumération, la vie y est fort calme, personne n'élevant la voix, si ce n'est pour annoncer sa tierce ou son cinquante, car la belote est ici le grand palliatif à la misère du temps. Et les filles s'y mettent. On les tient sur les genoux, tape la carte ou commente, picole sec, fait la dînette avec le patron sur la table du fond, accueille de temps en temps ces messieurs des Orfèvres, discute le coup ensemble, prend un verre avec les civils. Tout le monde s'entend bien et n'a guère envie de modifier un état de choses qui satisfait chacun.

Les plus belles pouliches du coin sont près de la porte Saint-Denis, groupées dans cet étroit carrefour de la rue d'Aboukir, rue de Cléri et rue Sainte-Foy, où personne ne passe jamais si ce ne sont les clients ou les très rares habitants. Et l'étranger qui par hasard s'y fourvoie est attrapé, renvoyé comme une balle, et a toutes les peines du monde à en sortir. Il y a là Margot qui ouvre très largement ses énormes seins splendides, Muguette longue et souple à la gueule désabusée, et Juliette qui rigole hystériquement en faisant son boulot.

Vision familière.

8.

Mais l'est beaucoup moins la poignée de ruelles et impasses qui font des arêtes le long de la rue Saint-Denis. Il y a d'abord l'impasse du même nom, boyau étroit et finissant en cul-de-sac, à première vue inhabité et servant surtout de remise aux baladeuses maraîchères et fruitières. Puis le passage Basfroi qui donne dans la rue de Palestro, domaine des putains de petit matin, les tôt-levées, dehors dès cinq heures, dérouillant avec les déchargeurs. Mêmes filles, plus nombreuses que les diables qui cornes levées s'accolent en longues files au bord de la chaussée, que l'on retrouve au carrefour des ruelles du Ponceau et Dubois. Mais il est un passage nommé de la Trinité qui prend la nuit une allure fantastique de coupe-gorge, couloir obscur éclairé en vert par un unique réverbère famélique, même pas droit dont on pourrait voir l'issue claire et rassurante mais tordu et traversant une série de cours muettes. Il existe pourtant un hôtel dont l'entrée est au milieu de ce long boyau et je me promets d'y aller crécher quelques nuits d'hiver bien froides et enneigées, venteuses et bruissantes. Malheureusement je n'ai jamais fait que le traverser, les angles où dormir étant « privés », occupés de longue date et de haute lutte par des anciens. Et j'y ai perdu une aventure amoureuse. Ayant bêtement emmené une gigolette dans ce dédale terrifiant dans un but inavouable, la pauvre eut une telle trouille, qu'elle m'échappa des mains et s'en fut au galop, sourde à mes appels pressants. Décor lunaire, que je conseille aux amateurs de frissons et spectateurs du Grand Guignol.

Toutes les Halles d'ailleurs, comme leurs dépendances, sont, si l'on y furette attentivement, pleines de ces attrapes, maléfiques pour le noctambule imprudent mais bénéfiques pour les couche-dehors. Dans la rue Saint-Martin surtout donnent quelques passages étroits et mystérieux, où la vie est immobile dans les recoins, tas humains sous des amoncellements de caisses et de chiffons sur lesquels on pourrait marcher sans les faire remuer, bestioles de tailles différentes mais toujours impressionnantes, se cavalant les unes derrière les autres, chats perdant leurs poils et rats longs comme la main, suintement des eaux d'écoulement qui dégoulinent sur les murailles décrépites. Passages de Clairvaux, Brantôme, du Maure, de la Réunion et surtout rue de Venise où gîte l'Hôtel de l'Arrivée (tu parles). Le grand dépotoir où nichent tous les estropiés, béquillards, pilons, chanteurs de rues, saoulards, pattes-folles, Kabyles malingres, aveugles faux et vrais (il en est un célèbre qui, à force de mimer cette mutilation lucrative, n'y voit plus goutte), culs-de-jatte (on n'en voit plus en caisse à roulettes se déplaçant à coups de fer à repasser. Progrès des temps. Ils se baladent maintenant en voiturette Dupont. Mais continuent de dormir sous des sacs au creux des portes cochères, tenant moins de place que les autres. Une légende court les bistrots de la zone sud, histoire d'un faux cul-de-jatte, en caisse plate celui-là, non par industrie, mais par *vocation*, ce bonhomme un peu follingue, tout au moins touché du Jésus, persuadé qu'il avait perdu ses deux jambes, naviguait en proche banlieue, affectionnant les rues pentues au bas desquelles il s'installait, ne mendiait pas mais attendait qu'une âme charitable l'aidât à grimper la côte en tirant sa ficelle, et une fois parvenu en haut, remerciait le bénévole, lui tournait le dos brusquement et se laissait redescendre à toute vitesse jusqu'en bas, poussant des cris d'orfraie et risquant cent fois de se rompre le cou.)

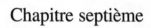

Chapitre septième

1.

Ainsi donc, ayant devant moi cinquante balles et un
après-midi de pluie, je me dirige vers le plus proche
bistrot pour me livrer à mes petits travaux d'écriture,
m'asseoir devant un crème en tasse, tenter de recueillir
au creux de mes poches les notules sur morceaux de
papier et au fond de mes méninges les lambeaux de
phrases griffonnées et enregistrées la nuit précédente…
Composant ce bouquin par fragments, par bout-à-bout,
même pas par chapitre ni par paragraphe mais par
coups d'œil ou éclairs de mémoire, ce qui en explique,
et en excuse, le style particulièrement cascadeur, les
digressions, les répétitions ou les oublis dont seules
sont responsables mes balades passant trois fois dans la
même rue et omettant bêtement la ruelle qui en aurait
valu la peine, et le composant au gré des intempéries,
des piaules d'hôtels payées beaucoup plus pour une
entière nuit de scribouillage et de remise à neuf des
souvenirs et impressions accumulés que pour les bien-
faits d'un plumard à draps blancs, des bancs de square
où l'on est rarement tranquille, et des arrière-salles de
cafés, surtout pas ceux dits littéraires (et pas près d'être
les derniers), c'est-à-dire papote et perd son temps,

mais bien de ceux dits populaires où l'on n'a justement pas l'habitude de voir les consommateurs écrire, si ce n'est l'envers d'une carte postale ou les scores d'une belote. Et à chaque question curieuse du patron, du loufiat, de la putain ou du voisin, je dois répondre que je fais ma correspondance. Mon allure me préservant heureusement dans divers milieux de l'appellation blessante d'intellectuel ou, ce qui est pire, d'existentialiste, ce mot déformé jusqu'à la caricature par une connerie évidente qui englobe expéditeur et destinataire.

C'est beau la Bohème, pense, ou dit, ou rigole ou ricane l'adulte. Ironiquement ou amèrement selon ses satisfactions socialo-conjugales.

Bohème. Ce terme maintenant stupéfié qui ne signifie plus rien, mais coiffe trop de malentendus, trop de manières de vivre incompatibles, concerne trop d'individus disparates, parmi lesquels d'authentiques vagabonds n'acceptant comme valeur première que la notion de liberté, à conserver coûte que coûte et à utiliser au maximum, et parmi lesquels les innombrables jeunes cons fils à papa de Saint-Germain-des-Prés qui font semblant de crever de faim, romantisme pourri et pourrissant, traînant la savate, pieds sales (et le reste donc !), les traits tirés, les yeux pâles, la chevelure léonine, et s'en vont à quatre heures du matin, quittent le café où ils ont tenu toute la nuit devant un verre vide et derrière une conversation stérile, s'en vont faire trois cents mètres à pied, et hors de vue des petits copains prennent un taxi qui les ramène chez eux, au domicile paternel, où les attendent un bain chaud et un lit tiède… ces fils de putes. Là aussi il y aurait trop à dire, et à gueuler. Et ce serait inutile, car entre l'Odéon et la rue de Rennes, je me demande quels sont les plus responsables de cette vie larvaire où ils se complaisent, des petits et grands bourgeois qui alignent les bagnoles américaines et les grandes dindes haut plumées et faisandées qui s'en viennent faire la parade ou des minables garçons et filles dont toute la personnalité s'étale en couches de crasse et costumes de carnaval américain.

Mais parmi laquelle bohème, dis-je, d'authentiques vagabonds. Particulièrement des étrangers, étudiants, peintres, écrivains, ou simplement badauds long-courriers qu'on rencontre aux terrasses de brasseries, assis ou debout, boulevard Saint-Germain, à Montparnasse, dans les foires, les marchés aux puces, à la ferraille, là où le spectacle est dans la rue comme les chances quotidiennes de survie. Américains, Allemands, Anglais, Nordiques. Très peu de Français, ceux-ci étant au loin. Jamais de Sud-Américains d'origine, d'Africains, d'Asiates. Rencontré une fois un Grec. Et aux abords des quartiers riches, Champs-Élysées, Opéra, parce qu'ils arrivent à Paris avec la connaissance qu'en ont en général les touristes étrangers et lecteurs de Maugham, de Gertrude Stein, et parce qu'ils y trouvent plus vite des compatriotes, quand ils ne préfèrent pas une solitude nécessaire, et plus facilement, quand ils ne reçoivent pas de temps en temps des dollars, livres, florins, derniers liens avec leur ancienne condition, des mécènes éphémères, car ceux-ci existent encore, quoique assez rares, mais qui font partie de la franc-maçonnerie des pédérastes, et en effet beaucoup de ces vagabonds intellectuels le sont, le devenant par circonstances quand ce n'est pas par goût, car leur genre de vie, toilette, pauvreté, propreté, instabilité, incapacité d'offrir un verre ou de payer une chambre, ne plaît guère aux femmes, tandis que la fréquentation des cafés, la facilité des conversations, et le jeu des hospitalités nocturnes les mettent vite au courant d'un entretien éphémère mais honorable. Et la sensibilité, qualité première du vagabond, exige de leurs rapports humains autre chose que les caresses d'une fille.

J'en discutai avec Alex, vagabond allemand de Barcelone, qui depuis la plus haute antiquité de sa vie, vadrouille aux confins de l'Europe occidentale, et arpente les rues de Paris depuis treize ans (il en a quarante-cinq maintenant), ne s'arrêtant jamais que pour dormir quelques heures sur le banc d'un square ou sur le plancher d'une piaule d'ami, couchant dans un vrai lit environ une fois tous les deux ans, passant ses jours et ses nuits à humer l'air du temps, regarder les gens dans les rues, toujours silencieux, n'ouvrant la bouche que pour boire aux fontaines Wallace, se nourrissant d'entités et de considérations métaphysiques, parfaitement aboulique évidemment, ne sachant jamais exactement s'il a faim ou sommeil, mais se laissant ballotter, porter non seulement par les événements mais par les courants d'air, la silhouette immense, la barbe noire, une invraisemblable musette miniature en bandoulière, et bien sûr connaissant tout le monde, les coins et recoins de la ville, les caches, les noctambules volontaires ou non, et stoppant des heures entières au bord d'un trottoir, immobile, la tête penchée, l'œil mou et aux questions que, le rencontrant dans cette posture d'échassier, je lui posai ne répondant que par : Oh ! J'ai fait la nuit dernière un rêve merveilleux… Personnage fluide dont les seules ambitions sont d'être un jour maître queux à bord d'un cargo et pianiste dans un bordel…

Je n'ai jamais su le nom de ce personnage, jeune

vagabond danois ou norvégien, qui campait, au sens littéral du mot, à Paris, trimbalant éternellement un vieux sac de montagne, sans armature, flasque, délavé, troué et plein de ficelles, dans lequel il avait, moins la tente et la couverture, un attirail très satisfaisant de campeur du dimanche, dont un réchaud à alcool sur lequel il entreprenait (après sa quête quotidienne et minutieuse aux Halles, quête de fragments alimentaires s'entend) de faire chauffer une tambouille hétérogène ou tout au moins du thé. Il avait installé, pour un temps, ses pénates au fond de l'impasse des Peintres dans la rue Saint-Denis, où je le découvris un soir et partageai sa pitance. Il était depuis sept mois dans la ville, et ne s'en lassait pas, au contraire, n'en ayant pas exploré la dixième partie et décidé à y vivre le reste de l'hiver et à attendre le printemps pour reprendre la route. Plusieurs nuits de suite, je vins le retrouver, amenant ma quote-part de nourriture et si possible quelques litres pour lui apprendre, en même temps que les derniers tuyaux sur la vie parisienne clandestine, les joies certaines d'une relative beuverie au gros rouge, lui ne buvant ou ne voulant jamais boire que du lait ou des crèmes dans les bistrots, et évitant cette fois la promiscuité des vieux clochards radoteurs qui couchent et font affaire au cul de l'église Saint-Leu, nous nous tassions entre deux sacs pleins de papiers mâchonnés, allumions nos pipes de tabac poussière (le sol de ce quartier étant évidemment démuni du moindre mégot) et entreprenions réciproquement la récitation de nos aventures, ce qui ne manquait de nous instruire. Dans cette clarté continuelle qui favorise les Halles, je regardais sa grosse gueule de paysan nordique, taillée au couteau, et sa stature lourde et voûtée. Il venait présentement de l'Autriche, ayant vécu une couple de mois à Vienne, en équilibre dangereux mais passionnant sur les frontières de cette ville étonnante, et avait traversé le Tyrol, puis les Alpes à pied, en plein été il est vrai, mais je lui tirais ma casquette tout de même. Et ses yeux se plissaient de plaisir quand ses souvenirs remontaient deux années en arrière alors qu'il travaillait comme pêcheur aux Lofoten, flotteur de bois en Suède et bûcheron en Finlande, avant d'avoir des ennuis avec la police de Riga comme « travailleur clandestin » et de descendre en Allemagne. Son rêve était maintenant de s'embarquer pour l'Australie. En somme un vagabond de la belle espèce qui avait épuisé pour l'instant les ressources vitales de la vieille Europe, tandis que je m'accrochais encore au fantastique social des villes capitales. Je lui cachais mon ambition d'écrire et il ne comprenait pas mes vadrouillages spécifiquement citadins. J'étais bien près de lui donner raison, mais n'en disais rien. Dieu sait où il est à ce jour. La dernière fois que je le vis, il entreprenait la difficile confection d'un kawa buvable avec une poignée de marc trouvé dans une poubelle.

2.

Paris inépuisable.

Après l'avoir parcouru en tous sens, éprouvé par les pores et les viscères, on ne peut qu'en connaître l'extérieur, le visage de tous les jours. Et il suffit encore de pousser une porte, d'entrer dans un couloir, de pénétrer dans une cour pour découvrir l'insolite, le fantastique, le paysage inattendu d'un vieux puits à chaîne noyée dans le lierre, le métier industrieux auquel on n'aurait jamais pensé, le passage secret qui coupe une maison et rejoint un autre univers, celui des cours de ferme à vieux pavés, des granges à fourrage, des écuries pour fiacres, des balcons de bois où sèche la lessive et le personnage curieux qui suit son bonhomme de chemin, indifférent à la civilisation citadine, vivant pleinement et joyeusement dans l'oisiveté.

L'oisiveté a du bon.

Comme disait le père La Puce, ci-devant taulard : Écoute, mon fils, j'ai sonné cinquante ans et j'ai jamais travaillé de ma vie, et tu vois je me porte, je me soûle comme il faut, et je suis habillé ! Un vrai, celui-là, de la Mouffetard et du quartier des Cuirs, où on le vit se balader tout un hiver avec une lourde valoche (le mot est plus juste que valise, évoquant mieux l'état effiloché de ses encoignures) dans laquelle il serrait non pas l'habituel équipement vestimentaire et culinaire des clochards nomades, mais une marchandise inattendue qu'il déballait sur le zinc avec des mines mystérieuses d'abord, et qui laissait pantois et la prunelle fixe les consommateurs et le mastroquet : un tas de bouts de tissus et de décorations sacerdotaux, dont (d'après mes très lointains souvenirs de premier communiant) chasubles, manipules, manchettes en dentelle de surplis, etc., le tout en chiffon raide et crasseux, quatre ou cinq kilos, perdant ses fils de pacotille et ses perles de verroterie où le vert-de-gris dominait nettement le jaune bouton d'or, et le père La Puce, barbe indignée et haleine furibarde, écartelait les doigts là-dedans, gueulant à mots couverts contre cette « bondieusardise » qu'il racontait, aux initiés c'est-à-dire à tout venant, avoir piquée lors d'un mariage mondain dans la « saint-christie » où il vaquait en quête d'une croûte, brusquement attiré par cette valise bombée et lourde qu'il imagina sur-le-champ pleine de cadeaux, collection de petites cuillers avec pelle à tarte, ou d'instruments de messe contondants et de métal précieux, avant de découvrir à trois kilomètres et deux heures de là, ce déguisement de curé, et « rongeant son frein » tenter de le fourguer au poids chez les copains juifs de la rue Charlemagne qui le virent venir et l'envoyèrent paître, désespéré, ne sachant quoi foutre de ce trésor infourguable et ne pouvant se résoudre à l'abandonner, essayant de le laisser pour gage dans des bistrots où il avait ardoise, et le traînant avec lui, dormant la tête dessus et se mouchant dans la dentelle par esprit de vengeance et d'anarchie. Et finalement l'ayant abandonné, avec la valise (ce qui est le plus curieux de l'histoire) dans un café de la rue du Chevaleret, il se fit pincer par les flics, et pour ce, abriter des intempéries pour six mois. Malgré ses protestations énergiques, non pas de déni de vol, mais de l'horreur qu'il avait depuis la plus tendre enfance qu'on l'enfermât et qu'on subvînt malgré lui à ses besoins.

3.

On dit toujours que la réalité dépasse la fiction. Et c'est aussi vrai à Paris qu'ailleurs. Domaine de l'insolite qui crève les yeux. Que dites-vous d'un clochard à monocle poussant une brouette ? D'une putain faisant le tapin en tenant un chien en laisse ? D'une autre racolant en short coq-de-roche ? D'un bistrot de Grenelle fréquenté par des Russes et des Arabes, mélange insoluble et que le patron a divisé en deux par un trait à la craie sur le plancher ? D'un café exclusivement fréquenté par des sourds-muets ? D'une péniche nommée Gérard de Nerval ? D'une belle négresse qui vit dans les dépôts de colis vides des Halles et se refait une beauté tous les cent mètres dans le caniveau ?…

Célestine, ma chère amie de Montparnasse, dite Coquillette, dite Spaghetti, dite la Poivrade, qui elle aussi s'offre à la renommée publique, les journaux parlant d'elle de temps en temps quand ils n'ont plus rien à mettre sous la dent du lecteur si ce n'est les résultats des dernières rafles et l'inventaire des derniers paniers à salade de la nuit, Célestine avec qui j'ai eu l'heur de boire pas mal de pots chez le tabagiste de la rue d'Odessa, et qui se plaignait, de quoi stupéfier d'abord le vieil écouteur d'histoires que je suis, d'être encore en liberté. Car tu vois, me disait-elle, quand je suis dehors, je trouve que des copains, ils me paient des verres, et me voilà saoule, je ruine ma santé, et le vin rouge me dégoûte (elle en boit habituellement ses trois litres dans la journée), je préfère la taule, là au moins je suis tranquille, peinarde, et personne pour me chercher des noises ou me foutre dehors comme dans ces bordels de bistrots où qu'on me respecte pas, je suis une honnête femme, remarque, femme de ménage de mon état, mais il n'y a plus de boulot, et puis j'ai pas d'homme moi monsieur, alors j'aime mieux être dedans, là-bas à la Petite-Roquette, je suis connue, on m'aime bien, j'ai des copines, et je gagne ma croûte… tu remets ça hein ? Je fabrique des chapeaux de paille et quand je sors de là, j'ai un beau petit pécule et ce qui fait que j'ai comme qui dirait un compte en banque à la Roquette, ils me donnent deux livres par jour (sa voix montait brusquement) et voilà pas que ces enfoirés veulent plus de moi, ça fait deux, trois jours que j'essaie de me faire emballer et pas moyen, ils me refusent, tu comprends ça toi ? Et petit je te dis pas tout, j'ai une totalise de vingt condamnations et trois

231

cent vingt ans d'interdite, un peu tu permets ! Je permettais et faisais signe au loufiat d'arrêter les frais, car nous commencions à chavirer dangereusement au bord du zinc. Il paraît qu'elle a voulu s'ouvrir les veines en taule, peut-être pour ne pas en sortir. Mais les quelques relations féminines que je peux avoir dans ces parages n'ont pu me renseigner. En tout cas je la retrouverai bien un soir faisant du chambard sur le Montparnasse, ameutant les flics, les engueulant, leur disant leurs quatre vérités, et faisant des pieds et des mains, c'est le cas de le dire, pour se faire foutre dedans. Sacrée fille.

C'est dans ce bistrot que passait de temps en temps (mais je l'ai perdu de vue lui aussi) l'homme-aquarium, l'avaleur de grenouilles. En plein marché de la place d'Aligre (cette courette villageoise, champ de foire, ancien étal de friperie et de métaux autour du clocheton campanile), il commençait par rassembler tout le beau monde en beuglant sa postiche devant les ménagères et les vieux de la vieille qui s'étonnent encore d'un spectacle vingt fois déjà vu. Puisait avec une casserole (capacité cent centilitres, assurait-il en en montrant le fond) dans un seau plein d'eau, en avalait le contenu, puis celui d'une deuxième, d'une troisième, allant jusqu'à cinq litres qui effectivement gonflaient sa panse, sans truquage évident, et le bide plein et ballottant, il faisait surgir de leur boîte, une par une, de petites rainettes, les caressait d'abord, leur parlait, les mignardisait puis en approchait une de sa bouche et hop d'un coup de pouce l'envoyait en avant, qui disparaissait avec un très petit bruit humide. Le bonhomme gonflait une joue, puis l'autre, semblant chiquer, et déglutissait, les yeux de la foule suivant avec intérêt le mouvement de sa pomme d'Adam. Il recommençait le manège et en absorbait comme ça cinq toutes crues, les gosses trépignaient, les femmes se poussaient du coude. L'artiste faisait le tour de l'assistance, tendant sébile et faisant sonner la mitraille qui tombait dru, on a toujours deux ou trois pièces de monnaie au fond de la poche (quand je dis on…), puis s'en revenait au centre de la piste, levait les yeux au ciel, faisant tournoyer ses mains, se tapait sur l'estomac d'un coup sec et rotait un grand coup, la bouche brusquement pleine tirait doucement par les pattes arrières le malheureux batracien anoure, le montrait du bout des doigts et le remettait en bocal. Et avec la même mimique, ressuscitait les quatre autres ranidés qui probablement n'en pouvaient mais. Puis, ayant fait constater dûment la vitalité de ses bestioles, annonçait le bouquet, les grandes eaux, se penchait en arrière, se tenait les oreilles entre le pouce et l'index, et renvoyait un peu moins de ses cinq litres de flotte en un jet harmonieux qui atteignait le fond du seau.

4.

Mais à Paris, parmi la cohorte des personnages exemplaires, dont l'allure saute aux yeux de tous les autres faits sur mesure, il n'y a pas que des types bien, que des gars marrants, que des hommes libres, vivants, dont la fréquentation est rassurante quant à la marche du monde et quant à l'amitié solidaire, il y a aussi les salauds, les sadiques, les fous méchants, les obsédés, les fureteurs, les voyeurs, les violeurs. Les hommes aux yeux de poisson, qui vous dévisagent immobiles, le regard troué, qui penchent la tête dans les pissotières et vous coupent net le sifflet, obligeant à se reculotter et faire cinq cents mètres pour trouver une autre vespasienne avec une nouvelle envie de pisser car la première est résorbée…

La perversion sexuelle n'a pas de limites, particulièrement à Paris, où l'on voit des fonctionnaires proprets déposer dans lesdits édicules sur la grille au bas des ardoises, des quignons de gros pain tout frais, qu'ils reviennent chercher quelques heures plus tard et emportent chez eux tout excités, cette mouture rendue ignoble à mes sens pourtant émoussés et qu'ils polluent encore de quelle façon ?

Il est impossible de dormir dans les bois de Paris, Boulogne ou Vincennes. C'est tout de même malheureux. Même en hiver quand le froid rétrécit la lueur des réverbères. Impossible d'y coucher. Car ils sont là. Et quand, allongé bien tranquille dans les herbes, l'œil aux étoiles, on rêve, il y a toujours un type tout de gris habillé qui s'en vient passer et repasser près de vous, s'arrêter à quelques mètres, tirer une cigarette, user une boîte d'allumettes et venir vous demander du feu. Vous percer de ses yeux bleus (rien de plus hérissant que ce regard creux, trop clair, vide, hanté par l'impossible). Et toutes les peines du monde pour lui expliquer qu'on n'est pas là pour le plaisir (tu parles !) mais pour pioncer. Il faut le menacer de dévalisement, de cassage de gueule, de meurtre même, pour qu'il s'en aille à regret. Ces innombrables qui, après-dîner, cavalent à la porte Maillot, un vélo à la main, et remontent les avenues ou tournent autour des lacs, marchant lentement dans les allées, les yeux écarquillés vers la pénombre, connaissant parfaitement le moindre fourré, et s'arrêtant dès qu'ils voient un couple sur un banc ou couché sur l'herbe, faisant un grand tour, se rapprochant avec des ruses d'Indien, passés maîtres dans l'art des approches silencieuses sur les feuilles mortes et les branches cas-

sées, se cachant derrière un arbre et enrobant les amoureux d'un regard mou mais attentif, suivant avec la plus
grande attention le cheminement des mains plus que
l'enlacement des bouches, évoquant les courbes des
corps et devinant les jeux d'ombres. Et l'on ne sait
jamais exactement dans quelle catégorie les mettre, car
le même type qui rôde à cinq heures de l'après-midi à
la sortie des boîtes à bachot de garçons de la Muette, se
retrouve quelques heures plus tard, à la tombée de la
nuit, suivant une femme qui longe le bois, marchant à
côté d'elle, lui proposant des jeux obscènes, lui touchant les fesses ce qui la fait s'affoler et courir et abandonner le sac qu'il lui arrache. Je les connais ces
salauds-là, ayant élu domicile un bon bout de temps
derrière la cascade de Longchamp avec deux ou trois
vagabonds de mon espèce, et pour dormir tranquilles
nous étions obligés souvent d'aller très loin, vers les
derniers vrais buissons.

5.

Paris vécu.
Comme s'intitulaient les séries de cartes postales, ven-
dues par centaines différentes avant la guerre de 14, pittoresques et pleines de vie, rues fourmillantes et peuple
sur le pas de sa porte, groupes heureux ou malheureux,
mais regardant bien en face l'opérateur sous son torchon
noir, photos naïves mais prises sur le vif, à l'instant où
le cocher lève son fouet, où la belle dame trousse ses
jupes, où la guimbarde déambule et vire au coin, séries
des petits métiers, personnages anachroniques qui vivo-
taient au jour le jour et s'en trouvaient fort bien, les
derniers arpenteurs et flânocheurs du trottoir, musiciens

ambulants, chanteurs des cours, joueurs d'orgue de Barbarie, marchands d'habits à pied, colporteurs d'articles de caves, bouquetières, rémouleurs, rétameurs, réparateurs de porcelaine, rempailleurs de chaises, loueurs de bateaux aux Tuileries, vendeurs du petit vent du Nord, tondeurs de chiens sur les quais, matelassières sous les ponts, charmeurs d'oiseaux dans les squares et de-ci delà des bonshommes originaux connus et inséparables de leur quartier, le père Charles, la mère Louise, le Vicomte et séries des Halles, instantanés vivants de la foule grouillante, du fouillis des légumes, de l'attroupement du carreau, de la bousculade, du cancan de la rue Berger, de l'embarras des voitures et des chevaux, et là aussi personnages fugaces, marchandes de frites et de quatre-saisons avec leur baladeuse, et les soupes auprès des pavillons, installées en plein air, trois marmites énormes cuisotant sur des braseros, groupes de clochards mendigots mutilés béquillards chômeurs vieux et vieilles tassés autour se chauffant les mains et se brûlant la gueule, le Paris Vécu. Alors que de nos jours on ne trouve pour envoyer au cousin de province que la vue des quatre monuments, bordels officiels, des horizons à tour Eiffel, de la *City by night* et du tombeau de l'Empereur, le Paris crevé mort debout sur ses assises historiques.

6.

Quelle résurgence muette et vivante de cette ville, de ces rues, maisons, trottoirs, réverbères, coins d'ombre, arbres, pissotières, de cette ville quand elle n'est plus recouverte comme d'une peau, comme d'une croûte, de tout ce grouillement larvaire des hommes qui cavalent vers le boulot-machine, et qui la nuit revient à la vie, remonte à la surface, se lave de crasse, redresse ses flancs, se frotte, chante son silence, allume son obscurité. Elle s'étend, se détend, s'allonge, s'étale devant moi marcheur solitaire, arpenteur étranger, me détachant sur ses membres épars, vaste dédale où je me perds ravi, tournant à chaque coin, quittant un boulevard dès la première à gauche, rejoignant le fleuve, le passant, continuant à cloche-pied, sifflotant le mégot aux lèvres. Il fait nuit noire. Il est entre trois et quatre heures d'hiver, les becs de gaz sont éteints dans les ruelles, les arbres poussent dans les squares, les bancs craquent, les vespasiennes et les bouches d'égout fument, les mille millions de maisons n'en font plus qu'une, immense caserne plate sur des kilomètres vue d'en haut des buttes, les pierres ont froid, les pavés luisent, et je m'assois au bord d'une place dans le caniveau à sec, l'œil au niveau de la chaussée, je contemple, je rêve, j'oublie de tirer sur mon bout de tabac, je recroqueville mes jambes à la turque, j'écoute le grand coquillage citadin dont la conque me recouvre, dont les mugissements marins me bercent...

Je suis à Paris. Ce seul fait est déjà une bénédiction. Combien de fois le nez dans la paille d'une grange ou le dos fouetté par la pluie sur la route, ai-je pensé à cet instant ? Mais combien de fois aussi vais-je maintenant rêver, les nuits sur les bancs, l'estomac vide et les engelures aux doigts, au soleil d'Espagne ou aux bordels d'Anvers ? Vagabondage...

Et après avoir écrit ce livre, c'est-à-dire après avoir passé deux ou trois cents nuits à marcher à travers Paris, fait d'innombrables séjours dans d'innombrables bistrots, crayonné des notes sur des papiers hygiéniques, musé le nez en l'air à la recherche d'un abri sous roche, guigné les ruisseaux dans l'espoir de trouver de la menue monnaie, et fait des pieds et des mains pour y trouver subsistance, eh bien j'en ai marre…

Paris est un caravansérail extraordinaire comme probablement toute grande agglomération humaine, pour qui sait y vivre et voir de certaine manière. Mais on y crève d'asphyxie. L'oxygène vient à manquer. Comme la chlorophylle. Un vaste horizon de pierre, *où il n'y a pas de rosée la nuit.*

Chapitre premier
Départ… 11
Découverte de Paris… 13
Le métreur d'appartement… 19
Le beugleur de canards volant… 30

Chapitre second
Itinéraires… 35
Vagabondage… 39
Saint-Paul… 42
Le quartier juif… 43
La rue Quincampoix… 46
Le grand tour de Paris… 48
Le Puces de Saint-Ouen… 50
La zone… 54
Les berges d'Ivry… 62
L'avenue Eugène-Thomas… 63
Cité Universitaire… 66
Le Grand Canal… 67
La Seine : entreprise de nettoyage… 73
Pigalle… 81

Chapitre troisième
Manger… 89
La faim… 89
Délire de la faim… 93
La valeur du thé… 95
Les Halles, ventre de Paris… 99
La fauche… 104
« C'est bath, la bouffe »… 106

Chapitre quatrième
Paradis des cloches… 117
Le Grenier des Maléfices… 118
Cérémonie du thé… 121
La piaule-coquille… 123
Nuits de Paris… 131
Les salles d'attente… 135
Le cimetière… 136
« … Entrez, installez-vous, faites comme chez vous… » 139
Camper (dans Paris)… 142

Chapitre cinquième
Jour de fête… 151
Le bordel pour clochards… 162
Les bistrots accueillants… 165
Maubert… 172
Les voitures d'enfant… 177
Les chiffonniers… 181
Les ressources du papier… 184

Chapitre sixième
Bercy… 191
Les dernières guinguettes… 198
La bourse aux tatouages… 200

Les bistrots arabes… 203
S'éteindre en cachette… 207
Les bistrots ignorés… 210
Les tapineuses… 214
Décor lunaire… 217

Chapitre septième
La bohème… 223
L'oiseveté a du bon… 228
Domaine de l'insolite… 230
La perversion sexuelle… 233
Le Paris vécu… 235
« Eh bien j'en ai marre… » 236

RÉALISATION : IGS-CHARENTE-PHOTOGRAVURE À L'ISLE-D'ESPAGNAC

Cet ouvrage a été imprimé en France par
CPI Bussière
à Saint-Amand-Montrond (Cher)
en décembre 2010.
N° d'édition : 103993. - N° d'impression : 101614.
Dépôt légal : janvier 2011.